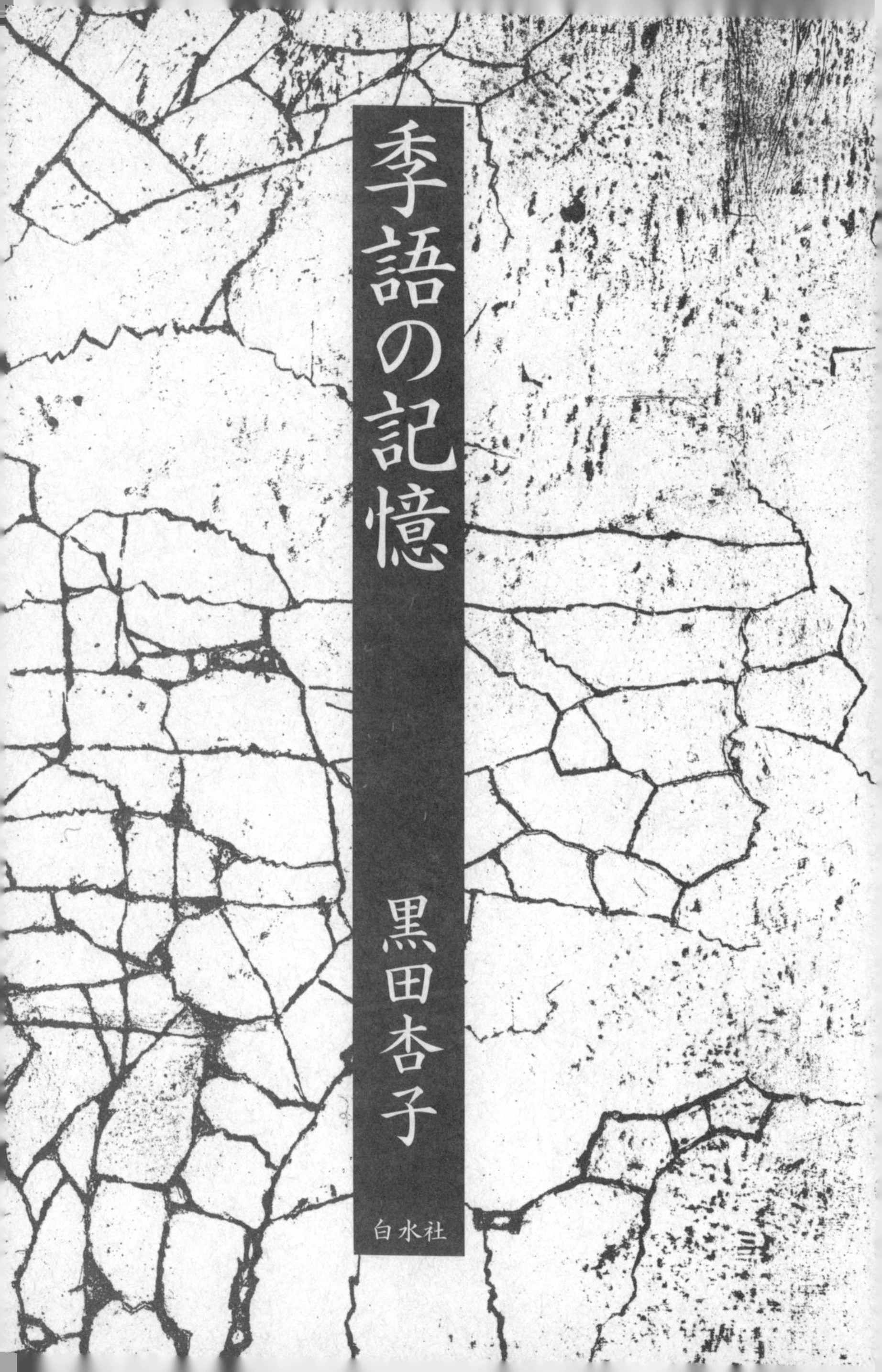

季語の記憶

黒田杏子

白水社

季語の記憶

カバー画＝堀文子
装丁＝松吉太郎

目次

Ⅲ　季語の記憶

Ⅳ　わが街わが友

Ⅰ　花を巡る　人に逢う

花を巡る　人に逢う

母が息を引きとった。満齢九十五である。五人の子が全員枕頭に打ち揃い、苦しみの表情はいささかも見えない。呼吸は停止しても、死人ではない。広い額にあてた私の手に母のいのちの温みはまだある。その額が徐々に温みを失い、完全なきがらのつめたさとなったとき、私はこの母の静かに閉じ合わされた両の眼の瞼の裏に、山桜の花びらが無数に舞っていると思った。それは不思議な実感であった。生きてこの世にある私の眼の裏に乱舞する山桜の花びら。いま死の国へと歩む母も、同じ映像を見ているなどと口に出して言っても、分かってもらえないだろうが、私はそのとき、はっきりとそういう感じにとらわれていた。母とはよく花を訪ねる旅をした。

母は私を産んだとき、三十一歳であった。私は三十歳を目の前にしてようやく句作の道に復帰することができた。子どもの私を俳句に導いたのは母であった。母は私が句作の道に立ち戻ったことを誰よりもよろこんで、長い手紙をよこした。

「三十歳は何でもできる年齢です。でも、元気でたのしいことが多いから、毎日があっという間に過ぎてしまう年代でもあると思います。どうやって生きてゆくのも自由ですが、お母さんの希望は、惜しみなく、悔いなくたっぷりと生きていただきたいということ……」

正直なところ、母のその手紙は当時の私の気を重くさせた。いきいきと流れるような万年筆の文字で、その手紙を便箋に認め、開業医である父の業務用の茶封筒におさめて郵便ポストに投函した日の母は、現在の私より若い。還暦ぐらいであったろう。

共働きの会社員であった私は、自分がどういうふうに生きてゆけばよいのか、これという確信がもてず悩んでいた。毎日勤勉に働いて、その労働の報酬として月給をもらう。その方途は確保できていて、忙しく仕事も面白いのだが、最期まで自分の生涯を貫くテーマ、自分の人生を支える杖となる活動は、月給をもらう勤め人の仕事とは別にあるはずと思えた。

好きな道はいくつかあった。染織、陶芸、演劇その他。いろいろと試してみたが、これだという結論に至らない。卒業後八年ほどの廻り道をして、結局、句作で自分の道を貫いてみようという結論のようなものに達した。何より、俳句ではお金が入ってこない。月給をもらって働いているのだから、アルバイトとか、サイドビジネスのようなもので、収入が伴うものに自分の時間をかけてゆくということには、本能的な拒否反応が働いた。その点俳句は、詩や短歌も同じであろうが、収入と結びつかない。どれだけ打ちこんだとしても、身の破滅に結びつかないだろうという直感が働いた。

母の手紙は机の引き出し深くかくしてしまって、私は二十代最後の知恵を絞ることにした。三十から再開する俳句は母に導かれたのでも、友人に誘われた課外活動でもない。私自身が生涯の「行」と決めてとり組むのだ。忙しいとか、才能がないとか、くたびれたとか、ともかく言い訳、泣きごと、愚痴はいっさい言えないのだ。それじゃどうしよう。

ある晩、公団住宅の台所で、夕食の皿、小鉢を洗い、鍋をごしごし磨きながら、ふっと思いつく。

座ってテーブルに新しい大学ノートを一冊、表紙に「日本列島桜花巡礼」と記した。声に出して読み上げると、武者震いするほどの感動につつまれていた。

晩方まで眠れなかった。まあ、二、三十年かければ、日本中の見るべき桜、出会うべき花の風景の中にこの身を置くことができるだろうと考え、大まかな花の木のリストを想って涙ぐんでいた。

桜は毎年咲くし、日本列島は縦に長い。桜前線という言葉もある。標高によっても花の遅速はある。焦らず、怠けず、俳句作者として花を訪ねる。花の時期はあっという間にめぐってくる。花の下で言い訳だけはしないように。そのためには、この計画は満行まで他人にはいっさい洩らさないことだ。ただし、母と家族、つまりつれあいだけは別ということを決めて守った。

俳句は作るけれど、私には国文学の素養はなかった。大学では心理学科に籍を置いていたが、いわゆる安保世代、ほとんど勉強をせぬまま就職していた。

桜と日本人ということについて、文学史的に調べてゆけば、そこには無限に豊饒かつ興味の尽きない世界がひろがっていることは分かっていたが、ともかく、私の「行」は平凡な女の勤め人が、東京で働きながら、その人生の中に、日本中の桜の木との一期一会の邂逅を果たしてゆくというコンセプトに尽きるのであった。

桜花巡礼を開始して、一、二年の間、私の形相はすさまじかったはずだ。単独行なので、全くといっていいほど写真は残っていない。三十の私は気合いを入れて歩きだした。桜の木の下に到達するには、時間とお金がかかる。土曜は休みではなかった。休暇をとれば、春の国鉄ストとぶつかるし、苦労が多い。タクシーに、それもはじめてゆく土地のタクシーにひとりで乗る。運転手は不審がる。車を止めて待っていてもらう時間が長い。容赦なくメーターは上がる。電車やバスで行けば安いけれど、時間を考えるとやはりタクシーである。長時間の残業を会社で重ねながら、この残業代でまた桜の下にゆっくり佇める、などと考えるクセがついていたころも懐かしく思える。

全く恥ずかしい話だが、最初のころ、この私が必死になって訪ねてきたので、この桜の木が満開の花をつけているのだ、というふうに思いこんでいた。なんとも、笑いだすほど愚かな考えを抱いていたと赤面するが、自分中心に考えていたことは事実だ。

あれは、岐阜県根尾谷の淡墨桜を訪ねた日だった。日曜日、国鉄の駅からタクシーに乗った時間がすでに午後だった。現在のように整備された公園のようなモダンな空間ではない。ここからは歩いてくださいと言われて、タクシーの中にコートと手提袋を置き、歩きだす。はるかに残雪の山脈が見え、日本海側に近いのだなあと思いながら、花の木の下に着く。老樹はくたびれきって終末のたたずまい。しかし、とめどもなく白々とした花びらを放つ。

やや高みにある観音堂の石段に腰を下ろす。か細い、しかしまぎれもない白い蛇が私の眼の前をよぎり、お堂の裏に消えた。人は私のほかにいない。幻覚かもしれない。立ち上がってほの暗い桜の幹に手を当てた。樹液が垂れて涙のように固まり、山蟻が集まっている。花の木は断末魔のうめき声をあげているようにも見えるし、どうにでもなるようになれと開き直っている風情でもある。

句帳にメモをして、車の待つ道に向かって急ごうとしたとき、ガーンと全身が硬直した。さらに得体の知れない、重たい袋のようなものが私の背中に覆いかぶさってきた。こんな山の中、助けを呼ぼうにも誰もいない。一歩も前に進めない私は、そこに何とかしゃがみこもうとした。サーッと雲が切れて夕日の光の矢が私をつつむ。嘘のように硬直が解けた。タクシーのシートに座ると、足が動いて歩いて戻れたことが有難くて涙が出た。

「ちょっと道は廻るけれど、谷汲山華厳寺いうて札所の、西国観音の寺があるんやけど、寄りませんか」

「行ってみましょう」

今日は、タクシー代などいくら高くなってもいい。旧暦なのか、四月八日はとうに過ぎていたが、見事な花御堂が祀られている。甘茶をかけて何度も「ありがとうございます」と手を合わせた。

このときの体験はずっと後に、文章にした。その中で、あの突然の全身硬直とおんぶおばけのような重りは、自分がはるばると訪ねて来たので、この山中の老木が花をつけているなどと思い上がっていた私に、桜の精が一喝を与えてくれたのだと書いた。その文章を目にされた土佐清水市の四国三十八番、かの足摺岬の古刹金剛福寺の住職夫人、俳人の長崎一光さんが電話で優しい声で諭してくださった。私はそのとき六十になっていたのだけれど、「桜の木はあなた様を叱って一喝されたのではありません。そのとき、桜の木があなた様を励まされたというように、どうぞお考えくださいまし」

桜は人と人とを交流させる、人間の心、たましいを深く結びつけ、共振させる力を備えた樹木。根づいたその大地を桜は生涯一歩も動かない。

長い年月、この日本列島に根を張り、毎年花を咲かせる桜の木のその花どきのハイライトを訪ねてきた。いちばん美しい木はと訊ねられたなら、私は京都府北桑田郡京北町の常照皇寺の九重ざくらを挙げる。ともかく気品がある。しだれ桜で一重、その花びらはやや大ぶり。色は濃くもなく淡すぎもしない上品なさくら色。蒼天から無数に枝垂れるしなやかな細枝に、その花のつき方は多すぎず少なすぎず、まことに優美なたたずまい。

この寺の境内には他にも、名木御車返し、左近の桜がある。京都市内の花よりも、年によるが一週間から十日ほど後に咲く。何年も通いつめて、ある年、四月十九日であったが、九重ざくらが満開、左近の桜が七分咲、日が高くなるにつれて、御車返しの老木までぽつぽつと莟をほどきはじめるという、絶好の花の日にゆき合わせた。山国御陵とも呼ばれるこの寺は牡丹も萩も冬紅葉もすばらしいが、桜のときを除いて訪れる人は稀だ。

その日は老若男女大勢の花人が三幹の名木の花を賞で、どの人の表情もはればれと幸福そうであった。その幸福感が忘れられず、長年続いている、月一度の句座である寂庵あんず句会の翌日、それは一月の雪の積もった朝であったが、いつも泊まるホテルのタクシー乗り場に並んだ。順番がきてひとり車に乗りこむ。

「こんな日ですけど、京北町までお願いできませんか。そこでお寺さんに寄って、待ってていただいて又京都駅まで。新幹線でお昼には東京に戻りたいんですけど」

「お客さん、常照皇寺ですか。以前も、春にいちどやはり朝早く乗っていただきましたよ。でも今日はまさか桜じゃないでしょうね。あのころより道がずっとよくなっています。大丈夫です。参りましょう」

偶然とはいえ、京都のタクシーの、それも営業車の同じドライバーの人に乗せてもらえるとは。私の着用しているもんぺに、運転手さんは忘れがたい印象があったという。

常照皇寺はすでに、石段だけは人の通る幅だけ雪が掻いてある。拝観には早すぎるが、扉を押して境内に入れていただく。鵯が啼いている。裏山の木々に積もった雪が風に乗ってとんでくる。廻廊に座らせていただき、九重ざくらを眺める。あと三か月もすれば、まばゆい春光に静かに揺れ交わすあの花の枝は、一片の葉もなくただに細い鞭のような枝を垂れて雪原を掃くように風に揺れている。鵯が又しきりに啼く。

ぼんやりと見ていた私の眼がビクリと驚く。よく見れば千条のその糸桜の枝は、ゆるやかに絡み合い、大きな毬状の鳥籠のような状態で風を受けとめている。昨日はおそらく地吹雪であったろう。無数の細枝がばらばらにその凍るような雪風に揉まれては、ひとたまりもない。細枝は折れ、ちぎれ、吹きとばされてしまう。九重ざくらは、地吹雪に対する防衛策として、その枝垂れた細枝をゆるやかに、決してきつくはなく、鳥の巣状の円い枝のかたまり、球形に近いまとまり方をして風雪に耐えていたのだ。さらによく見れば、その花の枝はすでに暗紅紫色。紫色を帯び、花の時が近いことを示している。あの細い枝の内部に花芽の準備の色がこんこんと通っているのだ。

花時には花しか見ていないので気づかなかったが、花の木の下に石柱があり、「天然記念物指定昭和十三年」と読める。私の生まれた年にこの指定を受けていたのである。すこしの老化も感じさせないこの花の木の樹齢が推定できるとも思った。見れども見えずと言うけれど、最初に「ああ九重ざくらの冬木」とぼんやり見ていたときには全く気づかなかったのだ。雪に埋まりながら桜の木に近づく。この冬木桜の寂かな風格を何と言えばよいのだろう。私は手を合わせて九重ざくらに合掌をしていた。涙があふれてとまらない。雪の上に涙が落ちてゆく。

桜を訪ねてゆくと、人にめぐり合う。いつも単独行ではあったが、桜の縁で出会った人々のまごころが、ささやかな私の人生をたっぷりとつつんでくれている。

嵯峨野の広沢池のほとり、山越町に住む造園業「植藤」の十六代目、佐野藤右衛門さんとの出会いは、桜花巡礼を続けてきた私にとって、かけがえのない宝物である。「桜守」などと呼ばれることをこの人は決してよろこばれない。祖父の代からはじまった桜狂い、桜道楽三代目として、日本国内はもちろん、地球上の各国各地の桜にかかわっておられる。

ある年、立春の雪が積もって、解けそめた日に、佐野邸で対談をさせていただいた。途中で、

「十五分ほど中座してよろしいか。申し訳ないけど、いまそのことをやってしまわんと……」

と庭畑に出てゆかれた。しばらくして戻られ、

「今日はな、一本掘り出して、しっかり根の始末してな、ホレ、東京に運ぶ準備をな」

と言われる。その桜の木は銀座ミキモトビルの玄関前に春に運ばれ、見事な花を咲かすあの木なのであった。根まわりを棟梁の手できちんと処理しておく日が、二月のその日その刻なのであった。

人間の都合とは別に、桜のいのちは一日も休むことなく、狂うことなく正確に刻まれてゆく。浅はかな自分をこの日恥じたのだが、年輪のある桜の木を街に飾るのはよいけれど、花が終われば、その木はどこかに廃棄されてしまうのだろうと思いこみ、もったいないと考えていた。藤右衛門さんは、

「花が終われば、毎年必ずどこか学校とか施設に寄贈されている。だから、根上げと運搬、花ののちの移植と、一本の桜の木のいのちは完璧に植木屋が守っとる」と。

その幹の太さでは日本最大といわれる、山梨県北巨摩郡武川村の実相寺の境内にある山高神代桜を訪ねた日は、風もなくこよなく青空の心に沁みる日であった。何年ごしかの計画で、前の日は東京の仕事場に泊まって、ともかく春暁に出発した。タクシーを降りると、年輩の男性がひとり「どこから来た」ときくので、「東京から」と答える。

「偉い。それにあんた運がいい。俺はプロの写真家だ。この木を撮りに何年通ってると思う。ゆうべはすこし雨が降った。今日はこれから日が射してくる。風が全くない。今日こそこの木、全部の花がひらくぞ」

足がやや不自由のようで、しかし、きびきびと三脚を設置してスタンバイしている。

どうやって帰るのだとたずねられ、タクシーを頼んであると答えると乗せてくれないかと言う。車が来るまでに、「俺は人間は撮らないけどナ。そこに立ってみなさい」とか言いながら三回ほどシャッターを切る。

「あんたねえ、この木の根元よく見なさいよ。千年以上も自力で生きてきた桜の執念。風格なんてもんじゃない。この生命力、幹の中はカラっぽだよ。それでもこれだけの花を全部咲かせる。俺はこの木の咲いたときに来ると、一年間のエネルギーをもらっちゃうんだ」

車の中で、その人の大学ノートに連絡先を書いてくれと言われ、勤め先の名刺を渡した。半月ほどして、会社に写真が届けられた。三枚とも四ツ切りでアルバムに収めてある。万朶の花の巨木の下に小さな私が幸せそうに映っている。しばらくして、その人の長男という人から「父が亡くなりました。生前のご厚情に感謝いたします」という旨を記した葉書が届いた。

山国御陵常照皇寺の九重ざくらの気品に勝るとも劣らない花の木にそののちめぐり合う。高知県吾川村の瓢簞桜は私の桜花巡礼のリストに入っていて、長年訪ねるチャンスに恵まれずにいた樹齢五百年の名木。たまたま四万十川俳句大会の選者として、高知にゆく機会に恵まれた。南国の桜はお彼岸のころから満開になるので、四月五日では遅いとあきらめていた。

空港に迎えてくださった俳句大会事務局の人に、「瓢簞桜ってご存知ですか」とたずねてみる。

「ゆうべＮＨＫのテレビで花見の風景やってましたなあ。たしか吾川村の。珍しい桜だそうですよ」

「じゃあ、間に合うんですか。俳句大会の翌日、そこに連れて行っていただけませんか。でもかなり山の奥ですよね。たしか」

「いや、吟行会は有志による催しですけど、それは足摺岬行と発表してあります」

「なんとか吾川村のテレビに出ていたその桜を、皆さんと吟行することにしていただけませんか」

ずいぶん勝手だとは分かっていたが、私はわがままを通してもらうことができた。

花の萼の形が瓢簞に似ているので、その名があるというその老大樹は、茶畑のひろがる山の斜面に大きな花の枝をひろげていた。村人たちがテレホンカード、桜まんじゅう、絵葉書などを売っている。村起こしの老樹を中心にかたまる集落の名前は吾川村字桜。テレホンカードを渡してくれるとき、ひ

とりの青年が、

「東京から来てくれたんだって。このすこし奥にもっとすごい桜の木があるよ。せっかくここまで来たんだから足をのばしてみたら」

とすすめてくれた。その一言がどれだけの幸福を私にもたらしたことか。雨も上がったことだしと、有志吟行会のメンバーはすこし奥といわれた桜の木をめざして車をとばす。ずいぶん遠いのである。

そこは高岡郡仁淀村別枝。村の高みにある中越家のもの古りた庭の内。いまから七年前の春。屋敷一隅にゆったりと無数の枝を垂らす見事な老木があった。その花の枝の宇宙にどのくらいの数の野鳥がいるのか。揺れるともなく揺れ交わす花の枝のどこにも傷みはない。日本中、北から南、西から東の花の木を訪ねて行脚してきたが、これほどすこやかな老木に出会ったのははじめてである。茅ぶきの母屋の濡縁に腰をかけさせていただき、まもなく夕桜の刻を迎えようとしている九分咲の雨上がりの花の、清新な生命力に見とれていた。

静かに障子がひき開けられた。和服に身を包んだ品のいい翁が膝をすすめて、ほれぼれと花の木を眺める。そしてまた障子を静かに立てられ、奥の間に移られたようだ。私もあらためて花の木の全容を眺めた。夕星が光りだしても、高知の春は暮れるのが遅い。空はまだまだすみれ色である。もう一度障子が開いた。

「どちらから来なさった。高知か。いや東京。それはそれは。今日はこの花の最高の刻よなあ。よい日に来なすった」

障子がふたたび閉ざされて、その翁のすこし甲高いかすれた声が耳に棲みついた。

「ありがとうございました」

障子の奥に向かって私はお辞儀をした。この日、この中越家という秋葉神社神官をも務めてきた旧家に、代々守られてきた樹齢およそ百八十年ほどと知らされた一幹のしだれ桜に辿りついた。一度も枝を切られたことのない、病苦というものを全く知らない花の木、その木のたとえようもないすこやかで優雅な風姿。土佐山中の気と、日輪と月と星と、さらに花の主とその家族の惜しみないいつくしみに守られ、村人を見守り、勇気づけてきた一幹の花の木とのゆくりなき出会いを以て、私は三十歳から重ねてきた「日本列島桜花巡礼」を満行とすることとした。五十七歳の春であった。

東京に帰るとＮＨＫから電話があった。加賀美幸子さんの土曜日朝の番組で、「旅」の特集をする。ぜひ出演をと頼まれた。私はこれまで全く他人には話してこなかった単独行の桜めぐりのこと、中越家の桜のすばらしさなどをはじめて語ることになった。

そののち、しばらくして、私は大学卒業以来籍を置かせてもらってきた広告会社を定年退職することとなった。ＮＨＫのラジオ深夜便の暁方に放送する枠で、遍路吟行のことや桜花巡礼、「おくのほそ道」二千四百キロの旅のことなどまとめて話してほしいと言われ、京都のホテルで録音をした。

放送のとき、私は睡っていた。葉書が一通舞いこむ。テレビ高知に勤める吉岡郷継さんだ。仁淀村出身のこの人と、満行以後も私は何度も中越家を訪ねた。吉岡さんが暁方近く、たまたま咳がとまらない。起きてしまって、所在ないので、ラジオのスイッチを入れた。聞きおぼえのある声と思ったとたん、「黒田さんが中越家の桜のゆたかさを語りはじめたのです。あまりの不思議さに、一筆こうして認めた次第です」とある。吉岡さんの父上も桜を愛され、「太平洋と日本海を桜でつなごう」という運動を起こした、国鉄バスの車掌佐藤良二さんから手に入れられた岐阜県荘川桜の苗木を仁淀村の自邸の書斎前に植え、大樹に育て上げておられた。

昨年、平成十四年三月三十日、私は四国遍路吟行の途次、中越律さんのお墓にお詣りを果たした。花の主の真新しい墓石に九十三年間、一つ屋敷の内にともに暮らしてきたあのしだれ桜が、折々に美しい花びらを風に乗せて送りとどけてくる。

「桜の木は切ってはいけない。人間の都合で枝を切ったりしてはならない。桜は自分では一歩も動けない。切らなきゃならんようなところに、人間が勝手に植えたりしてはいかん」

悠々たる人生、土佐の山中に、質素にかつ志高く一世紀近くを花の主として生ききった懐しい中越律翁の声が聴こえてくる。

この日、私は屈強な、土佐の青年俳人たちの運転する居住性のよい車で、高知を払暁に発ち、仁淀村中越桜経由、四国八十八か所の裏関所、第四十番南伊予御荘町の観自在寺をめざした。すでに私は第二次桜花巡礼を始めており、そのコンセプトは年齢にふさわしく「急がない残花巡礼」なのであるが、この日はゆくほどにお四国の山間は花の道。ようやく海辺の古刹に辿りつき、夕映えに染まる花吹雪を浴びて佇んでいると、住職夫人三好基子さんが「はるばる、はるばるなあ、ようおいでくださった。お懐かし。ありがとう」と私の両手を包まれる。宿坊に泊まり、鈴の音にめざめて窓を開けると、暁方の花びらがゆっくりと舞いこんできて畳を走る。

そして、四月二日、われらが暉峻康隆先生一周忌。神楽坂の「弥生」に、早稲田で親しくお教えを受けた方々ほか、連句の連衆など女性中心に十余名。私は早稲田の学生ではなかったが、先生晩年の十三年間、ご指導を賜り、連句では杏花の俳名もいただいていた。

佐々木久子さんと澤地久枝さんが、「先生は西鶴研究の命より大切なお原稿を、お庭のあの桜の木の根元に深く埋めて、戦地に赴かれたのですよねえ」と話されている。私には初耳、心臓が高鳴った。ご長女の由紀子さんが、「母がしっかりと原稿を油紙に包んで埋めて守ったのです」と。

先生は、「季語の現場に立つ」という私の行動科学を支持され、数年前から、「俳句列島日本すみずみ吟遊」を発心、すすめている私を、韋駄天と呼んで励ましてくださっていた。その晩、由紀子さんをお送りするという名目で、世田谷区大原の暉峻桐雨宗匠遺愛の桜の木に逢いに出かけた。花の主が一年前にこの世を発ったその事実を認めない愛犬が、花の木の下で吠えている。樹齢およそ百年の花の木の真上に、月齢十九・〇の春月が寂かに照り渡る。ひらひらと散りかかる花びらは、時折、月光に招きよせられるのか、再び天上に舞い上がるものもあった。

季語への旅

二十代が終わる。未知の三十代をどう生きてゆけばよいのだろう。そのとき遠い闇の奥の一筋の光のようになつかしく浮かんできた俳句。

共働きの日々は深く考えなくとも、それなりに忙しく過ぎてゆく。広告会社で、プランナーであった私は、仕事では常に黒子に徹し、張り切って、面白がって動き廻っていたが、ふと立ち止まって、「あなたは誰、何者」と自分に問いかけてみたとき、人間としての実在感が消滅しかかっている自分のありように気づいて、うずくまってしまった。

卒業と同時に句作はきっぱり止めていた。一行十七音字の宇宙は、自分を客観視して眺める修練を避けてきた未熟者には、ストイックすぎる詩型であり、自己表現の形式として歯が立たなかった。しかし、もう一度、やっぱり俳句にすがろう。それしかないという結論に達したとき、天啓のようにひらめいたのが、「日本列島桜花巡礼」という「行」だった。幸いこの国では沖縄の桜は新年にほころぶ。桜前線が北海道まで北上するには半年以上かかる。年ごとに花ひらく桜の木を二、三十年かけて各地に訪ねてゆこう。花に逢い続けてゆけば、句作を怠けることなく持続できるであろう。

歳時記は学生時代に揃えてあった。春・夏・秋・冬・新年と平凡社版の全巻を机辺に置き、毎晩季語を追ってしらみつぶしに読みこんでゆく。世の中に、こんな面白い読みものがあったのかと止められなくなる。読了した季語はマーカーで塗りつぶしてゆく。

「歳時記は日本人の生活感覚のインデックスである」と言ったのは寺田寅彦だが、まさにその通り。疎開して暮らした農村での生活体験がなぞられる懐かしさと嬉しさに涙ぐむこともあった。

働きながら単独行で桜花巡礼を志す身として、「桜」にかかわる季語は傍題も含めて、繰り返し写経のように原稿用紙に書き写してゆく。

朝桜・夕桜・夜桜……。桜の花の木のたたずまいを一日の縦の時間の流れの中でとらえているかと思えば、花を待つ・初桜・花三分・花万朶・桜蘂降る・残花・花過ぎ・葉桜……と桜の木を過ぎてゆく横軸の時間の移ろいの中でとらえる季語も的確に完ぺきに揃っている。

花冷という季語のニュアンスを、学生のころにはいまほど深くは分かっていなかったなあと思ったりもして昔を懐しむ。

花衣・花篝・花の闇・花の山・花の雲……。豪華な舞台に見とれてゆく充足感を覚える。

桜を訪ねて出かけてゆくときは、自分の手で写しとった季語の例句を携え、列車の座席や、花のほとりでくり返し読んでみた。人気のない山中の花の木の下では、その原稿を声に出して読んだ。芭蕉・蕪村・一茶の句から、子規・虚子・石鼎・蛇笏さらに現代俳人の作品まで、実際に季語の現場で、秀句、名句を朗読してゆくと、いつも必ず桜の精が私の全身の細胞をいきいきとさせてくれる心地を覚えて感動する。

家人以外、誰にも告げず、平凡な勤め人の生活を続けながらの単独行であったが、二十八年目、五十七歳の春に満行を迎えることができた。カメラなどははじめから携行しなかった。満開の木の下で、お経を上げるように桜の句を読み上げ、ささやかな習作の自作も献じてきた。この行を重ねる歳月の中で、「季語は日本語の中の宝石」という確信を深めた。季語には著作権がない。歳時記に収められているこのインデックスは、誰でも、いつでも、何回でも自由に使うことが許される。歳月と日本人のこころによって使いこまれ、磨き抜かれた季語は珠玉の光を放つ言霊となって、庶民の生活を活性化させてくれている。季語を知ることは、自分と母国語を知ること。季語を使うことは深く自分を生きることなのだとの思いを深めてゆく。

この国には、たとえば、花冷という二文字の宝石とともに、じっくりと年を重ねてゆける人生が誰の前にも平等に開かれている。

日本各地の満開の花の木に向かってひたすらに急いでいた三十歳からの「行」が終わった。ひきつづき私はすでに「日本列島残花巡礼」をはじめている。名残りの花のなつかしさ、やさしさを、五十代の終わり以降を生きてゆくわが身と心にたっぷりと享受してゆきたい。

季語への旅は終わることのない旅である。

Ⅱ　あるいてゆけば

光

この八年あまりをかけてゆっくり巡ってきた西国三十三観音巡礼吟行も、結願のときを迎えた。第三十三番谷汲山華厳寺は奥美濃の、いたるところに水があふれて走る村にあった。

華厳寺の参道は八百メートル、おそらく最長のもののひとつだろう。名産の富有柿をはじめ、次郎柿、蜂屋柿。よく熟れたその色と形を眺めていると、心の底からいきいきとしてくる。まさに柿日和。蒼天のひかりにつつまれたひとつひとつの柿が、お日様に向かって満面の笑みを返す。柿という秋果が発するひかりのゆたかさを、満行のこの日、私は生まれてはじめて満喫。

誰が考えたのだろう。長い参道の両側の並木は、桜と楓。それも一幹ずつ交互に植えてある。爛漫の桜花とみずみずしい若楓。紅葉をつくす楓と、ほのぼのとした桜もみじ。

柿の実のひかり、水のひかり。本堂にお参りをして護摩木をいただく。願いの文字は三十年来変わらない。どこに行っても「健康　文運　黒髪」。幅の限られた頼りない板の上に、にじまずしっかり書けるように、専用のサインペンを携行している。

翌朝、谷汲村のもうひとつの古刹、両界山横蔵寺にゆく。即身仏の祀られた古いお堂をめざしてきたが、境内はこの数年のうちに見違えるように整備され、妙心上人のミイラは舎利堂という近代的な建物に安置されていた。

いつであったかひとりで訪ねた折、この即身仏がやや前かがみに合掌しておられるその手の爪の部分に一条の夕日が射しこんでいて、思わず合掌を返した。

すこし遠いけれど、根尾谷の淡墨桜に逢いにゆく。この姥桜を訪ねた日の記憶はそれぞれに鮮やか。時間が経つほどに印象が強くなる。雪の日もあった。考えてみると、今回のようによく晴れた立冬の前日にこの老樹のほとりに佇ったのははじめてだ。

二十五年も昔、休暇をとって、この花の木の下にひとりでたどりついた。九分咲、人の去った夕暮の根尾谷は湿ってうす暗く、妖気が凄い。立ち去るとき、後ろを振り向けなかった。

この日は違った。桜もみじも散り果てて、千年の樹齢を抱えこんだこの老女は、一糸まとわぬ姿をさらしていた。腰のあたりとおもわれる大地に近い幹は、どっしりとあるがままの風情。山の日にえも言われぬ光を返している。こんなにも朗々と、闊達の気に満ちた桜の木に出会ったのははじめてだ。いっさいの飾りを捨てた媼はにこにこと、颯々と太陽の真下にくつろいでいる。この世のひかりを吸いつくしては、絶え間なく光の矢を八方に放つ。冬木桜の発散する無尽蔵の光量につつまれ、私は生きながらゆっくり生まれかわってゆく自分を感じていた。

包

四国八十八か寺を巡りはじめて三年目に入った。一年に四回、四季折々に仲間とゆっくりたどる四国遍路吟行は、還暦ののちの私の心身を根本から活性化させてくれる。

昨年の十二月五日は第二十九番土佐の国分寺に行った。往時をしのばせる塔心礎や鬼瓦が出土して庭園の見事な寺だ。近くに晩年の紀貫之が都から派遣され、四年間を過ごした邸趾がある。末枯の田畑がひろがるその一画に身を置くと心が安まる。

碑のほとりで句帳をひらくと、綿虫がふわふわと現れた。桜の木が多い場所だが、みるみるその数はふえて、綿虫ふぶきとでも名付けたい光景を呈してきた。四国、とりわけ南国の土佐では綿虫がとぶことはめったにないとのことで、大綿、雪蛍とも呼ぶ真冬の季語の現場で、みんな夢中になって句を作っていた。句会の締め切り時間が迫ってきて、国分寺境内に戻る。長老の林広裕さんのご案内で、本堂を拝観する。なんとその本堂の内部にまで綿虫がながれこんでくる。秘仏千手観音菩薩の金色の扉のあたりに消えた、青白い綿虫の残像。

翌日は桂浜にゆく。観光客はまばらで、これ以上おだやかな日はないという海のいろ。空と海のまばゆい青さにつつまれて砂浜を歩く。砂を踏みつつゆけば、「空海」と名告った人が、いまさらのように慕わしく思えてくる。何と素敵な名前。

冬紅葉が見たくなって、第三十一番五台山竹林寺にゆく。お遍路さんたちが境内にちらばって、歩きだすたびに澄んだ鈴の音をこぼす。極月の遍路の鈴の音につつまれて、書院の庭を拝観する。関東にも京都にも奈良にもない冬の山紅葉。その深さとはげしさ、そして明るさがここにはある。夢窓国師の構想につつまれていつまでも座っていたかった。

五台山のもうひとつの見どころは、土佐の生んだ巨人、牧野富太郎記念の植物園だ。昔からある大きな温室が好きで、私は必ずこの空間にしばらく身を置く。パラグアイオニバスという紫色の蓮の花が返り咲いていたが、何とも高貴な色で、いまも目の奥に残っている。

高知県立牧野植物園は昨年（一九九九年）十一月、全く一新してオープンしている。広大な敷地に名札の附された草木がところを得てひろがる。子どものころからの植物派ゆえ、牧野植物図鑑や事典になじんできたが、この日、ここの空間で出会った青年富太郎のモダンなポートレートにはびっくりした。九十五歳まで仕事をつづけた富太郎の肖像を追ってゆくと、年を追って笑顔が大きくなり、魅力を増す。腹の底から草木を愛し、全身全霊で笑っている老人、背後から追いかけてくる巨人の類いまれなる笑い顔につつみこまれ、いつか大きく私も笑い返しつつ、師走の南国土佐をあとにした。

映

十二月十八日、みちのく盛岡の朝はかなり気温が下がっていた。ゆうべは月が出ていたが、小雪がちらつきはじめていた。

北山の寺町にある東禪寺まで車で急ぐ道すがら、ところどころに雪が積もっている景色に出会う。人の家の庭の片すみ、道端の枯草の上、屋根の片側。霜と混じったその雪の光は、那須の村の小学校へ毎朝一里あまりも歩いて通っていたころの時間の中へ、私を連れ出してくれる。

東禪寺には思わぬ人の数があふれていた。市長の家にかかわる葬式とのことで、老人の群とは別に、喪服に身を固めた若い男女がきびきびと立ち働いている。

この寺の境内に身を置くとき、私は本堂に向かって左手にすっくと立っている桐の木と、心の中であいさつを交わす。五月の末には濃むらさきの花が高々と天を覆い、お盆のころには、あの芳香を漂わせていた花は柔らかな実を結びそめる。今日はもうその実が鋼と化してカラカラ風に鳴る年の瀬だ。

先生の墓山に向かう。道はどんどん整備され、「山口青邨の墓」という真新しい標識も立てられている。林の中に人影が動く。岩手の仲間が墓前で待っていてくれたのだ。辰年生まれの我が師、山口青邨、本名吉郎は、昭和六十三年辰年辰の日、十二月十五日の朝九十六歳で昇天した。戒名はない。

青邨の墓と彫られた石の下に、いそ子夫人と眠る。山口家の墓群にお参りをして、お線香と冬菊をひとりずつ供えようと並ぶ。

「待って待って」と墓山をかけ上がってくる人。Sさんの声だ。「今日のために、出羽三山吟行のとき買っておいたの」。うっすらと雪の積もった枯山に、マッチをする音がひびく。洗い上げた墓石の前に二本の絵蠟燭が灯る。かがんで香を捧げ、瞑目して合掌、眼をひらく。

　何と強い灯明の光。濡れて青味を帯びた黒御影の面の左右に映る燭の炎。石に揺らめくまろやかな炎のかたち。私の魂は、狐火のように燃えさかる二つの火の玉に、ぐんぐん吸いこまれてゆきそうになる。黒い石の面に思い出のように浮かんだ炎の光が、心の水底を映し出す。立ち上がって墓山をひとり登ってみる。鴉が二羽、雨傘ほどの翼をひろげて、杉の間を滑空するように舞い交わす。翼の触れた枝がパッパッと雪を散らす。

　忍び音をもらしつつ、笹むらを移動してゆくのは鶯の子たちだ。チチ、チチ、チチと寂かに懐かしく啼きわたるその声が、心の水面をかすかに波立たせてゆく。

　いま私の心は限りなく透明な鏡面と化して、何でもくまなく映しだす。そんな心を私はこの身に沈めていたのだとよろこびつつ、山を下りはじめる。

声

ＪＲ市川駅から総武線各駅停車に乗る。

いつも不思議だと思っているのだが、吊革を握って私が立つと、そのまん前に座っていた人が、きまって一駅ないし二駅ほど先で降りてゆく。そのために私は満員の電車に乗りこんでも、座席に恵まれる率が人に比べて断然多い。申し訳ないことだと思っている。

二月四日（金）、ゆうべは豆を撒いた。この日は気持ちよく晴れていたが、電車は混んでいた。市川の次の小岩駅で、文庫本に傍線を引いたり、ページの端を折ったりしていた青年がパッと立ち上がる。この朝もまた、私はゆっくり座ることができた。バッグの中から案内状をとり出して確認する。

立春を期しての恒例の「大江戸山伏勧進祈願祭」。明治記念館富士の間で午前十時受付、十一時斎行とある。昨秋、「第四十一回奥の細道羽黒山全国俳句大会」の選者をつとめたご縁で、お招きをいただいたのである。白妙の木綿注連を懸けた五百名もの人々が円卓に着く。指定により私の席は最前列のメインテーブルで恐縮してしまう。

法螺の音とともに、大川誠爾宜を大先達に、山伏、神子、巫女の列が入堂。修祓の大麻・切火・献饌ののち、祈願がはじまる。

鷁の出羽の国の美稲刈る田川の郡に天聳り高く聳えて雲霧の上に出たる月山大神奴婆玉の羽黒の神奈備に大宮柱太しく鎮まり坐す出羽大神久辺理湯の湯殿山に風の音の遠き神代の昔より彌久に鎮り坐す湯殿山大神三山開山蜂子皇子を是の明治記念館の祭場に招き……

出羽三山は若いときから縦走もしているし、芭蕉も巡拝したお山ゆえに、幾度となく訪ねている。私がこの朝、心を奪われたのは、その三山にかかわる祝詞のリズム。広大な会場空間を音楽のごとく満たしてゆく、山伏と呼ばれる修験者達の発する、鍛えぬかれた声調の美しさだった。祭壇に向かって、つまり参会者である聴衆に背を向けて立つ、生命力あふれる人間のなまの声。その響きがこれほどにここちよく、その声の内部に身も心もゆさぶられつつ浸ってゆく快楽というものを、ゆくりなくも東京のどまん中で、立春の朝に体験できた幸運におどろきつつ、ありがたいことと、心から手を合わせていた。

文字を眼で追う楽しみとは別に、生きた人間の肉体を通して発せられる祝詞という言葉は、その場に居合わせた聴き手の魂に棲みついて、忘れようとしても忘れられない記憶となることを知った。

残雪の消えないうちに、なんとかまた出羽の三山巡りをしなくては、と心が湧き立つ。

香

その家の庭のはずれには、かなりの巾の川が流れている。その川のすぐ上手は魚返りの滝。ひろびろとした座敷に座っていても、大きな卓のある居間の椅子に腰を下ろしても、間近に滝のある風景がひろがる。昔、この家にはじめて招かれたとき、主の秋好彰三さんは、秋好医院の院長として休む間もなかった。

二年前、七十歳を前に、自らの意志で医院をたたみ、完全に自由の身になった。と同時に診療所をとりこわし、そこにログハウスのゲストルームを自力で建てたのである。

「何日でも、いつでも滞在していただけます」という便りを受けとって、「材木はカナダからですか」などとたずねれば、「いや、買わされていた自分の山の檜です。台風で倒れたおびただしい数の檜がちょうどいい具合に乾いて、私を待っていてくれました」と。木工がごはんより好きな元ドクターは、たのしみつつ思いのままに設計図を引き、ステンドグラスの小窓まではめこんだログハウスをほとんど独りで組み上げて、生涯の夢をひとつ実現したのだ。

いい匂いのする木の家に座っていると、時間がゆるやかに拡大してゆく。一枚ガラスの大窓の向こうに、ひろびろと白々と落ちてやまぬ滝がとどろく。鴨の一群がその上を渡る、かと見れば、白鷺が二羽絵のように連れだちて舞う。

大分県玖珠郡玖珠町。湯布院からも日田からも、車なら三十分あまりの土地だ。

夫人の純枝さんにはじめて会ったとき、なぜか初対面という感じがしなかった。きっと人生に対する同じようなものさしを持ってこの世に生まれ出たのだろう。山好・すみゑという俳号も年輪を重ねた。何と言うこともない話がきりもなくここちよくつづいて、そののち母屋の座敷にぐっすりと睡る。枕元に響いてくる夜更けの滝音がなつかしい。

その音がふっと遠ざかった。廻り廊下のカーテンを引く。雪だ。降りつつむ牡丹雪。二月十九日暁闇の豊後の春雪。雪景の滝を胸に収めて、睡りにまた落ちてゆく。去る二月十七日、私は夕刻から東京やなぎ句会特別興行熊本県立劇場の巻にゲスト出演していた。その舞台の場面が夢に立ち顕れる。司会進行の永六輔さんの身振り。全メンバー競演トークショーの折、懐からハーモニカをとり出して独奏、会場をどよめかした小沢昭一さんのはにかんだ表情。

身仕度をしてログハウスにゆけば、昨日とは一変した雪の朝。興行のあと熊本市からここまで、阿蘇の山脈を越えて車で連れてきてくれた、福岡の句友のAさん。春雪をついて別府から、鹿児島から続々と句友が集う。人の香、檜の香、雪の香、珈琲の香。Oさんの磨る墨の香。嬉々として雪の枝にくる鳥の数。ガラス戸を開けると、夜来の雪につつまれた滝の香りも流れこんでくる。

残

三十年近い歳月、日本中の桜を訪ねてきた。若いときは、ひたすら花のさかりに巡り合いたいと、休暇日程の調整に苦慮してきた。

三十歳を機に発心したこの日本列島桜花巡礼行も、四十歳を過ぎ、五十歳を過ぎて、その希いに決定的変化があらわれてくる。

心をこめて花の木を巡ることは変わらないのであるが、必ずしも満開でなくともよい。花三分もよいし、名残りの花、残花の風情も捨てがたいものなのだと、心の底から思える人間にもなれたのは、長年にわたる桜の木の教えと導きのおかげである。

この単独行、スタートして二、三年のうちは、われながら呆れるほど肩に力が入っていた。三十代はじめの思いこみと体力で、深山の桜の老大樹に突進してゆくのだ。私の顔付きもかなりきついものだったろう。

三年ほどしてハッと気づいた。桜はどこにも行かない。動かない。私が行こうと行くまいと、静かに風雪に耐え、無限の花を付け、惜しみなくはなびらを散華し尽くすのだ。そのころから、桜の木が怖くてたまらなくなる。しかし、句作修行と表裏一体のこの行を中断することもできない。

ある桜に逢って、日暮れの谷を、待たせてあるタクシーの場所まで引き返そうと歩きだしたとき、わっと背中から全身に覆いかぶさってきた得体の知れない重力に、圧しつぶされかけた瞬間の恐怖。なんとか一歩一歩遠ざかろうとする私を、桜の老樹が見ている。そう思うと、振り返ることもできない。両脚は鉛で固めたように重いのだ。あれは、おそらく、自分のためにと意気ごんで桜花巡礼を発心し、歩きはじめた私に、「思い上がるな」と、桜の木の精が浴びせてくれた一喝だった。

今年（二〇〇〇年）、私は六十一歳。五十八歳で満行を迎えて以来三年が経過している。四月十三日、向島の百花園。長い間、私は園内の御成座敷を借りて、定点観測と称する月例句会を重ねている。障子を開け放ち、見はるかす園内は一面の残花ふぶき。朝から夕暮れまで、名残りのはなびらがとめどなく舞い漂う時間の中に過ごす。

翌十四日黄昏。上野の山。東京芸大美術館前広場での、演奏芸術センター制作による薪能。舞囃子（観世流）「融」、能（宝生流）「三山」。篝が点火されると、客席中ほどの二株の桜の若木が、名残りのはなびらを放ちはじめる。左手奥の大島桜も、白々とした大きなはなびらを虚空に送る。旧暦弥生十日、月齢九・四。舞台正面には加山又造の桜花図。プログラムにも大藪雅孝の金剛寺枝垂桜。篝の火の粉と名残りのはなびらが舞うほどに、山上の夜空の藍を深めてゆく。

滅

四国遍路吟行も三年目。季節ごとに年四回、四国四県の札所を一か寺ずつ訪ねてゆく。

その十回目は何としても足摺岬までゆきたい。第三十八番蹉跎山金剛福寺をめざしたいと、この五月二十日(土)・二十一日(日)一泊の吟行鍛錬会を企画実行した。高知県は広大である。高知市から四万十川河口の中村市まで車で三時間。土佐清水市までさらに一時間余。四国最南端の地に、全国各地から六十余名の句友が結集した。

十九日(金)ANAの一番機で羽田を発ち、高知空港からまっすぐオーベルジュ土佐山にゆく。夏霧をわたる時鳥や老鶯に耳をあずけつつ、まみどりの土佐山村の山気につつまれた温泉に浸る。一睡りして、仕事にとりかかる。ここから市内までは車で三十分。翌朝、龍馬生誕の地にほど近い高知市升形のオリエントホテル高知ロビーで仲間と合流、七時すぎ車でスタート。

あちらこちらに樗の大樹。うすむらさきの花をけむるように天上にかかげている。

昨年の五月は、愛媛の第四十五番海岸山岩屋寺吟行だった。雲海の道を登るとき、この不思議な山号に納得、一遍上人修行の跡となつかしみつつ、野鳥の声を浴びた時間の記憶をたぐり寄せる。

たった一年の間に大切な友人、かけがえのない先達が、老若となくこの世を発った。のり越えがたい困難、課題もいま身ほとりに生じているが、同時にほのかな希望、祈りにも似たよろこびの兆しも見えかけてきている。禱《いの》りつつ乗り切るほかはない。

竜串で昼食、NHKの遍路番組でロケをした折、なにかとお世話になった店のご主人に再会。中村市を通過、唐人駄場など、謎を秘めた古代の巨石群を巡って足摺岬に。若いころ、この岬には一度来ているが、海原と紅椿の記憶しか残っていない。

金剛福寺では、俳人として知られる住職夫人長崎一光さん、ご子息で副住職の勝教さんのご案内をいただく。三面千手観世音菩薩のお厨子が開かれるや、全身に電流のごときものが走る。近々と、またすこしく離れた位置よりと、こころゆくまで拝観を許された時間がありがたく、尊いものに思われる。この古刹とのご縁を一期一会のものと合掌する。

足摺園での晩餐会のころ、稲妻、雷鳴、大夕立。雨上がりの十七夜の月の道をお寺に向かう。一光さんに多宝塔の前まで蛍がとぶと教えられたからだ。亜熱帯原生林蹉跎山の気。補陀洛渡海の岬にとどろく青葉潮の香。道の両側の雨林にちりばめられた光の滴のまばゆさ。

佇ちどまると、おおきく青い蛍火はいよいよその数を加えつつ、夜の寺に向かう旅の者のこころの襞に沁み入り、身の隅々の哀しみを拭き去るかのごとくに点りつつ、また滅してゆく。

青

六月の佐渡はまみどりだ。朝六時すぎの新幹線で東京を発ち、新潟からジェットフォイルに乗れば、十一時には両津に上陸。佐渡は近くなった。

港から能舞台のある新穂村の牛尾神社に。宮司は若く快活な佐山真理子さん。お母さんの香代子さんは句友だ。毎年六月の例大祭には、宵宮に薪能が奉納されるが、今年は「黒塚」。加茂湖を見下ろす境内の植生が特別いいのだろう。この空間に身を置くと、頭の芯がすーっと軽くなってくる。

神木安産杉の天空に躍動する千年の樹勢。時鳥、夏鶯が青霧の天空を啼きわたる。咲きはじめた萱草や岩百合を眺めつつ、結社の全国のつどいの会場小木にゆく。

小木の俳人数馬あさじさんは、長年俳句に打ちこみ、竹細工に新機軸を求めつつ、この歴史のある港町の再生と活性化に心を砕いてこられた。日本列島の津々浦々より集う句友を迎える準備万端をとのえてのち、この五月二日朝昇天。大往生の先達の墓山に参れば、青しぐれ、乱鶯また乱鶯。十薬、萱草、なるこ百合、白花ほたるぶくろ、鴨足草、でで虫、馬陸、梅雨みみずまでが総出で、佐渡の竹取の翁の天寿墓を守る。

マッチを擦っても、青梅雨の気に濡れて、線香に火が移らない。竹工芸師の長子昭男さんが布袋から「これを供えてやってください」と白米をつかみ出す。みどりを映す墓石に撒かれてゆく米粒の白さ。心に沁みる小木のしきたり。

お昼は小木本町通りの名代「七右衛門そば」。通称シチェモン。直江津方面からここのそばだけを目あてに海路やってきた人も多かったといわれる味。箱階段を昇った二階の卓に、たっぷり用意された薬味ともなる新生姜、茗荷、セロリ、胡瓜などの漬かり具合が絶妙だ。道に出て、真向かいの店「ござや」の棚の品物に眼が釘づけに。十五年来探していた島窯の長浜みつえ作品がある。ガラス戸を引き開けてとびこみ、物静かな女主人中川さざ子さんに頼みこんで、二階にまで上りこみ、秘蔵の品をいろいろと見せていただく。ずっと探していた長浜数右ェ門父娘の名品にゆくりなくも再会。この家こそ御座屋文書で知られる十七代の家系を守り継ぐ家だった。

翌日からは、宿根木の海蝕洞穴、岩屋山の磨崖仏、舟屋集落、小比叡山蓮華峯寺のあじさいなどを吟遊。思い出のように港の梅雨夕焼が果てると、会場の老舗旅館「喜八屋」で宴と句会。尾崎紅葉、碧梧桐、与謝野鉄幹・晶子、佐渡に渡った文人たちゆかりの歴史的な宿だ。各地に帰る百二十名余の仲間を見送ったのち、私は越佐の仲間と打ち上げ会。佐和田町の新しいリゾート風ホテル「浦島」は真野湾に沿う松林の中に建つ。とりたての地物を揃えた海の幸。時間を忘れ、ひたすら安堵感につつまれる、この宿は佐渡の未来を暗示するもうひとつの清新な空間だった。

翔

七月二十日は海の日で休日。嵯峨野寂庵の「あんず句会」一行は、この日うち揃って橿原市の今井町に吟行。気温三十六度とやら、蟬しぐれ、土用東風の炎ゆる青大和だ。

今井町は天文年間に、一向宗本願寺坊主の今井兵部卿豊寿によって寺内町を建設されたことに発する。一向宗の門徒が御坊（称念寺）を開き、自衛上武力を養い、濠をめぐらし、都市計画を実施した。海の堺、陸の今井と並び称され、「大和の金は今井に七分」とまで言われた町。近年、重要伝統的建造物保存地区として、町の大半の民家が江戸時代の姿を残す街並となっている。日本列島広しといえど、これほどの規模で重文指定の家屋が立ち並ぶ地域は外にない。何よりここは観光の町でなく、生活居住空間である。訪れる者を静かに憩わせ、瞑想的にさせる。

句会のあと、奈良市に戻る。奈良ホテルから歩いてゆける福智院町のお蕎麦の「玄」。会するは大和の俳人津田清子先生と一門の女性たち。主の島崎宏之さんの筆による手書きの献立。黒谷の手漉和紙に、蕎麦豆腐、蕎麦がき、蕎麦スープ、せいろ蕎麦、いなか蕎麦、活鱧の蕎麦粉たたき、紅鮭の蕎麦の実ひろうす、蕎麦米入り梅ご飯、香の物。そして蕎麦団子とあったが、女性ばかりの宴のためか、自家製蕎麦パウンドケーキも添えて供された。この店の蕎麦茶がまた、ケーキやお団子によく合う。

たのしみはその日の献立に合わせて吟味された日本酒で、この晩も最初から順に春鹿、猩々、花巴、英勲、瀧自慢といった銘酒が料理と共に、ほどよい冷たさで、デザインの異なる手吹きガラスのデキャンタで出てくる。蔵元の場所と銘柄の由来などを語るときの島崎さんの表情はまことに朗々として、客は居ながらにして各蔵元への旅をしている心地にもなる。ここでいただくと、日本酒はこんなにもおいしかったのかと驚く。いつきても、どの日本酒もまことに芳醇で、夢見心地になる。

もともと、春鹿酒造先代の隠居所を店として生かしているので、落ちつけるし、何より夜は二組の予約しかとらないという贅沢。火・水・木・金だけの営業というのも憎いけれど、立派だ。

一夜あけて京都に出れば、またゆきたいお蕎麦屋がある。那須の山村で暮らした子どものころから、心底私は蕎麦好きだった。お昼は石うす碾き手打ちそば「なかじん」。一澤帆布にほど近い古川町商店街にある。この店もまたつなぎのいっさい入らない十割蕎麦。せいろも粗碾き蕎麦もどうしてこれほどおいしいのだろう。蕎麦という穀物の香りとうまみを、これほど堪能させてくれる店を知らない。きっと玄さんもなかじんさんも蕎麦を打つことによって、その人生をどこまでも無限に飛翔させようとこころざす、もっとも前衛的なアーティストなのだ。

返

折口信夫が「風の吹きたまりのような所で古代芸術のふきたまりだ」と世に紹介した、長野県下伊那郡阿南町新野。

宿場町のおもかげを残すこの地区では、いまも八月十四日、十五日、十六日の三日間を「お盆」として、二十四日を「うら盆」として、毎夜九時ごろから翌朝六時すぎまで踊り明かす。

旅館折山に荷を解いた私たち「青」の会のメンバーは、町の集会所のほの暗い灯の下で、谷川健一主宰、岡野弘彦氏の話に、新野盆踊りの会の会長をはじめ、町の元老、世話人ほかの人々と畳に膝をつめ合って聴き入る。この晩は、鹿児島県徳之島より揃って参加した「青」の仲間の治井秋喜さんの徳之島民謡の弾き語りを、松井光秀さんの解説で聴く一期一会の時間にも恵まれた。

十六夜の月が朗々と渡りはじめた通りに出ると、市神様の前に櫓が組まれ、その上に立つ数人の音頭取りの音頭出しの声に合わせて、一筋町の通りに出揃った踊り子達はいっせいに踊り唄を返しつつ、その輪をひろげてゆく。

「ひだるけりゃこそすくいさ来たに　たんとたもれやひとすくい」「たもれやたんと　たんとたもれやひとすくい」

楽器はいっさい使わず、ひとの声だけで御霊迎え、御霊慰安踊り、踊り神おくりなどが展開される。家々の精霊供養のための行事で、信仰的要素の強いことが感じられる。娯楽的要素、観光的雰囲気がほとんどない。それが他の土地には見られない古格と気品を湛えた新野の盆踊りとなって、訪れる者のこころを深くとらえる。

踊りの種類は七つ。大正年間に柳田国男の指導により、新野の特徴を残しているものだけにしぼられた「すくいさ」「音頭」「高い山」「おさま（甚句）」「十六」「おやま」「能登」。扇子を使うもの四つ、使わないもの三つ。このうち「能登」は十七日の払暁にしか踊らない。

来てみて分かった。新野の盆踊りは、年齢、性別関係なく、誰でも加われる。

谷川さんにひっぱりこまれて、踊りの輪に連なり、大きな白扇の端を持って静かに扇を返しつつ、見よう見まねで踊り唄を返しているうちに、気がつくと暁方で、最後の激しい踊り「能登」に変わっていた。切子灯籠が櫓からはずされ、それぞれ新盆の家の子どもたちに担がれて、まずお太子様に向かい、折り返してその行列は、神送りの場所瑞光院広場に向かう。あくまでも盆の終わりを惜しむ踊り子たちは、行列の前にいくつもの小さな輪をなしては「能登」を踊りつづけ、切子灯籠の行く手を阻む。しかし、ついに終着地点に到達した切子は積み上げられ、火につつまれてゆく。露けき帰り道、音頭取りの連衆の「秋唄」が、朝日さす野面にひびきわたる。

秋が来たそで鹿さえ鳴くに　なぜか紅葉が色づかぬ

盆よ盆よと楽しむうちに　いつか身にしむ秋の風

佇

「壺の碑」全国俳句大会に招かれた。久しぶりに多賀城跡一帯を、時間をかけてゆっくり歩いてみたいと出かけてゆく。宮城県の多賀城は、奈良時代から平安時代にかけて、東北全域を治めた役所跡。仙台から車でゆけばあっという間だ。

地元の俳人市川イ水さん、熊谷山里さんと、まずは芭蕉ゆかりの多賀城碑、いわゆる壺の碑に向かう。平成十年に重文指定となり、鞘堂も改築され、すっかり整備された印象を受ける。

栃木県湯津上村の那須国造碑、群馬県吉井町の多胡碑と並んで、日本三古碑と言われているが、三つの碑の中ではその丈も二メートル近く、巾ももっとも広い巨大なこの碑の文字は、次のように読めるのだ（書き下し＝筆者）。

多賀城　京を去ること一千五百里　蝦夷国の界を去ること一百二十里　常陸国の界を去ること四百十二里　下野国の界を去ること二百七十四里　靺鞨国の界を去ること三千里

此城は、神亀元年歳は甲子に次る、按察使・兼鎮守将軍・従四位上・勲四等大野朝臣東人の置く所也。天平宝字六年歳は壬寅に次る、参議・東海東山節度使・従四位上・仁部省卿・兼按察使・鎮守将軍藤原恵美朝臣朝獦、修造する也。
天平宝字六年十二月一日

萩の風が渡り、実にいろいろの昼の虫が鳴き交わし、つぎつぎ色鳥がやってくる。いつも感じることだが、「おくのほそ道」の旅で、芭蕉が歩いていったその跡に佇つと、不思議にこころが安らぐ。そして大きく胸がひろがってゆく心地をも覚える。三百十三年前にこの碑の前に立ったひとりの旅人を想い浮かべるだけで、私のこころは十分に満たされてゆく。

広々とした政庁跡をめぐり、さらに多賀城廃寺跡にも足をのばす。手入れのゆきとどいた芝生を背黒鶺鴒がつぎつぎとび立つ。低く舞うとき拡げたその翼の内側の純白が、まことに印象的だ。伽藍の配置は九州太宰府の観世音寺を想わせる。三重の塔の心礎を真上から見下ろしていると、幻の七堂伽藍が胸の底から顕ち上ってくる。

半日の散策でもっとも驚き、愉しく、かつ感動を覚えたのは、今回はじめて訪ねた陸奥総社宮だった。老杉の木立と、樹齢二百数十年という白木蓮の古木に守られる神殿。市川稔名誉宮司は九十九歳。加齢の豊かさ、美しさを体現されておられるお方。装束を正されたその立居振舞の、自然体にして風雅なこと、白鷺の舞うがごとく。いったん語りだせば諧謔精神たっぷり。なんとひとりで前夜祭の宴席にもタクシーで駆けつけてくださったばかりでなく、大会当日もにこにこと朝から会場に姿を現し、壇上の話に真剣に耳を傾けてくださる白寿翁との出会いであった。

空

十月七日(土)、円空誕生の地と推定される、岐阜県郡上郡美並村の「円空シンポジウム」に出かけた。名古屋で名鉄に乗りかえ、新岐阜に出れば、高速バスで郡上美並まで五十四分。会場の「日本まん真ん中センター」までは、バス停から歩いてもすぐだ。

円空仏に出会ったのは三十年ほど前。個人的には木喰仏よりも、どちらかといえば、私は円空仏により魅かれる。

ここ最近の関心事は、芭蕉の生きた時代と円空のそれがほぼ重なっていること。元禄七(一六九四)年に芭蕉は五十一歳で没し、円空は翌元禄八年、六十四歳で入定と伝えられる。

さらに、芭蕉が「おくのほそ道」二千四百キロの旅を果たしたころ、四国遍路千四百キロの道を巡る人々の数がぐんと増加したということも知った。それにしても、空海とか円空とか、見るだに胸のすくような宇宙的な名前をよくぞ思いつかれたものと感心する。俳句列島日本すみずみ吟遊に踏みだしてから、芭蕉や円空、さらには一遍、とんで菅江真澄といった、回国を実践した人たちの足跡がなつかしく、何よりも身近に感じられてきて、遅まきながら、ともかく、じっとしてはいられないというのがいまの私の正直な気持ちなのだ。

美並村には、長年実証的に円空の研究にとり組んできた、友人の池田勇次さんがいる。シンポジウムの仕掛け人とおぼしき池田さんの送ってくれた案内チラシには、十三時、ゲオルギー・E・コマロフスキー大阪学院大学客員教授による基調講演「外国人から見た円空さん」。十四時十分、パネルディスカッション「円空さんの生き方を考える」。パネリストは民族文化映像研究所長姫田忠義さん。全国巨樹巨木林の会副会長牧野和春さん。そしてコマロフスキーさん。司会とコーディネーターは池田さんとある。

三連休で高速バスは大渋滞にまきこまれたが、なんとか開会に間に合ってホッとする。ソ連外務省、在日ソ連大使館勤務の長かったコマロフスキーさんの味わい深い日本語と、人間円空に対する深い洞察、共感の弁に打たれる。この暮にNHKで放映予定の大型ドキュメンタリー「円空とゆく日本」を撮りつづけている姫田さんの、各地での実体験にもとづくホットな円空論には、とりわけ胸が熱くなる。私もいますぐ、円空の跡をたどりはじめてみたくなってくる。

十六時終了。新岐阜行バスは十七時三十六分までない。会場を埋めていた人々は、みんな自家用車で帰ってしまった。池田さんたちは打ち上げ会。ひとり本をひろげて、私はバス停に座る。時間がきてもバスは来ない。あたりに公衆電話もなく、ケータイを持たない身は、山中に放り出されたも同然。美濃の山並みが昏れてくる。空っぽに近いバスが、三十分近く遅れてやっと来る。円空の村の澄みきった紺夕空いっぱいに、星が光りはじめる。

色

私たちの結社「藍生」も十周年も迎えた。その集いを十一月十八日（土）、十九日（日）の両日、東京白金台の庭園美術館新館ホールで開催、自然教育園の吟行など、東京の黄葉と紅葉の木々に囲まれて過ごす。記念講演は小沢昭一氏にお願いしたが、十八年間、六百六十ステージにわたるひとり芝居「唐来参和」の最終公演をつい三日前、東京新宿紀伊國屋ホールで打ち上げたばかりの氏には、一種名状しがたい独特の艶と迫力がみなぎり、全国津々浦々から結集した連衆を陶然とさせた。

翌二十日（月）は、夜からの津田清子蛇笏賞受賞の会のスピーカーとして招かれ、奈良に。奈良ホテルの窓から大和の紅葉を堪能する。一夜明けて、坪内稔典氏の記念講演を拝聴、京都に出る。一澤帆布店に荷物を置き、京都博物館の「若冲展」に。生涯独身、京都高倉錦小路の青物問屋桝屋の三代目主人でもあった若冲。没後二百年の大展覧会で人ごみをかきわけかきわけ、大冊の図録でチェックしてあった作品は、この眼にほぼ収めることができた。

新幹線のシートで重たい図録をひろげ、若冲の生涯を辿ったり、作品と照合しつつ解説を読んだりしているうちに東京に着く。

二十二日（水）は「俳句あるふぁ」新年号のグラビアページの取材。上野の山にゆく。国立西洋美術館から落葉散り敷く森の小径を抜けて、都美術館、東照宮経由五條天神。なかなかの紅葉狩コース。不忍池に出る。鴨は長途の旅を終え、日本に着いたばかり、おおむね痩せこけてその貌はどれも貧相だ。

写真を撮ってもらうので、持参した食パンをちぎって鴨に投げる。八方から押し寄せ、空中で一片も余さずパッとくわえ去るのは、すべて都鳥。水面に押し合っている空腹な鴨にはゆきわたらない。紅い嘴と脚を持つ一見優美な白ずくめの水鳥はまことに横暴者。しかし気がつくと、いまや不忍池の水鳥の主流派は都鳥。あらゆるコーナーの杭や横棒を占拠していて、人間の投げる餌はすべて奪ってしまう。痩せこけた鴨こそ哀れ。

呆れ返ったその足で、池之端の「十三や櫛店」にゆく。磨き抜かれたガラスの引戸の内に、ご主人の竹内勉さんがいつもの場所に座って、常と変わらぬたたずまいで、黄楊の櫛づくりに励んでおられる。元文元（一七三六）年創業の老舗で、材料はすべて鹿児島産の薩摩つげだけを使っている。ほとんどが外国から入る代用つげを使っている時代、ここの店だけは本つげ（国産）のみの櫛を作り商っている。私も長年、竹内さんの手づくりの櫛に守られて、とりわけ慌ただしかったこの十年、息災に無事に過ごすことができたのだとありがたく思う。

店を出ると、道を隔てて見事に紅葉した一樹が眼に入る。若冲の群鶏図を想い出す。

命

十二月十六日（土）午後十時、部屋を出てロビーにゆくと、防寒コートに身を固めた句友三名の顔がそろっていた。

奈良ホテルから春日大社一の鳥居までさしたる距離ではないが、この道を徒歩でゆくことは久しくなかったことに気づく。右手のくらがりにピーッと鹿が啼く。かとおもえば鳩も一声、二声。その左手の水の向こうにライトアップされた五重の塔。鳥居をくぐると、人気のない夜の参道は白い大河となって前方にひろがる。一か所何ともいえない甘やかな芳香の漂う場所がある。名前が出てこないが、よく知っている木の発する匂いだ。

すっぽりと紗に覆われたような空には星もない。そのスモーキーな空がそっくり降りてきた色の道が無限に続く。お旅所の行宮は黒木で造られていた。乾坤を示す大太鼓が二基、その前庭に据えられ、右へ左へ若宮さまをお迎えする準備の仕上げに余念のない人々の動き。

二の鳥居をすぎると、ようやく人影がふえてきた。春日大社本殿を左に見て右に進むと若宮神社である。両側にひしめく石灯籠の数。私たちはその参道の両端に一列に並び、ここで若宮御発雫時の遷幸の儀を待つことになる。お宮から響いてくる笙・ひちりき乱声などに耳をあずけていると、暗闇にただ立って待つという時間がなつかしくも思えてくる。自分の身体が真夜の森の木々と一体化して、徐々にこの広大な原生林の気の流れに還ってゆく安らぎ。ともかく心がいきいきとしてくる。

やがて、下手に一塊の灯が動く。お旅所を出立した神官他の一行が若宮さまをお迎えに来たのだ。ついで上手若宮神社から長い松明を曳きずる先導の若者二人が、玉砂利の両側に火を運びつつ寂かに火屑を撒きつつ進む。二筋の火の轍で浄められた森の闇を榊の枝で十重二十重に護りつつまれた若宮さま、「ヲー、ヲー」という従者の警蹕の声、楽人たちの慶雲楽の音が過ぎてゆく。長く厚いその人群の影が遠ざかるころ、私たちも最後の一団となってお旅所に向かう。

零時を境に気温はぐっと下がった。空は掃き清めたがごとく晴れ渡り、ぴかぴかの北斗七星をはじめ満天の冬星座。月齢二〇・二の月が高々と行く手を照らす。木立を洩れるその明るさは影踏み遊びをせよともいわんばかり。私たち四人はゆっくりゆっくり人波を離れて進んでゆく。

お旅所の近くで、木の実か何かまっ赤なものが地面に落ちている。拾おうとかがんで、松明の炭で描かれた黒い轍の上に遺された火種と知る。七ミリ×四ミリのその長方形の真紅の火の容は、かすかに残る松明の杉の葉の香をとどめた漆黒の線の上に微動だにせず生きている。二十世紀の終わりに私は一粒の火の命に出会った。極月の若宮おん祭の遷幸の道で。

伝

「大寒に入ったとも思えない」などと言いつつ、朝、食堂で編集者のSさんとスケジュールを確認。九時、ロビー集合。カメラマンのKさんはすでに車に機材を積みこんでいる。タクシー組と二台で広沢池畔の佐野家へ。右京区山越十三番地。植藤造園の親方、十六代佐野藤右衛門さんは私より十歳上の昭和三年生まれ、というより円山公園の祇園しだれ桜と同年の人。桜の縁で二十年余りおつき合いいただいている。

今日は先代が遺されたものと、当代がいますすめておられる桜花図譜、綴織桜花卓布、屛風、軸物などの取材、撮影でやってきた。私は出かけてこなくてもよかったのだが、年に一度か二度、親方と雑談させてもらえると、桜の気が伝染するのか、ともかく元気でいられる。それで今日もやってきたのだ。撮影は母屋の離れの畳の間で始まった。Kさんの仕事は速い。ほとんど独りでどんどん進行する。気温がぐーんと下がってくる。

雪がちらつき始めて、お弁当を展げているうちに、あっという間の雪景色。見本園、茅屋根、石組、灯籠、そして何本もの大きなしだれ桜にひしひしと積もってゆく雪のはやさに驚く。

「まあ、お祖父《じい》の代からわしまで三代の道楽ですわ。しかし、遺しておけば伝わる。後の世の人が見られますやろ。名木、名桜みな無くなってゆくし、弱るし、傷むし、消えてしまえば終わりや」

桜守佐野社長の下で、先代以来の桜花図譜の模写復元をしたり、原寸大で各地の名木の桜の花を描くことを仕事としている社員の久野由子さんは、美大を出た二十代の若さ。

「京都で暮らせて、一年中朝から晩まで桜を描いていられる私は、日本一の幸せ者です」

すっかり雪国の情景となった佐野園をKカメラマンはひとり出発。タクシー待ちの私とSさん、アシスタントのYさんは、珍しくのんびりと寛いでおられる佐野さんを囲んで桜談義。普賢象、八重山桜、楊貴妃桜、大島桜、その花の花弁を一花ずつ並べて枚数を記入した写真帳も見せていただく。佐野さん自ら写真も撮られたと。私も花びらを数えて句帳に記録したことがあったが、こんなふうに、外側から花芯に向かって順々に一枚のこらず花弁を並べて写真を撮り、日付と場所と枚数のデータを克明に記録した映像ははじめて見た。一花の花びら二百四十九枚という数字もある。

「こんなもん持ってゆくか」

タクシーが動きだすとき、佐野さんから四角くて重たいものを手渡される。

徐行運転ののぞみ号の座席で包みをほどく。骨壺ほどの大きさの香炉。そここに山桜とその花びらの浮き出した桜紋。山桜こそ日本の桜と主張してやまない佐野さん好みの、はんなりとした風情がなんともいえない。

導

瀬戸内海斎灘に浮かぶ大崎下島御手洗行は二度目だ。行政的には広島県豊田郡豊町となる。一度目は六年前、この地が重要伝統的建造物保存地区に指定された折、記念に開かれた俳句大会の講師として招かれて行った。長本憲町長をはじめ、旧知の人々が大勢いる。時間の都合がつけば何度でも出かけてゆきたい場所だ。

今回は大長みかんの産地でもあるこの島で、みかん山に登り、農業体験と交流会も計画されていた。風待ち潮待ち港として知られ、栄えた江戸時代の港町で、流派を超えて島内および近隣の俳句愛好家が集って、句会と、句作雑談会ともいうべき俳人交流会、さらには俳句を作らない人も参加できる懇親晩餐会も準備されているというので興味があった。

「俳句列島日本すみずみ吟遊」をすすめてきて、私はいま、その土地に暮らすさまざまな人たちと、じかにゆっくり話す時間が何より面白いと感じている。出かけてゆけば何かに出会える。前日、寂庵での句会は霏々たる春雪の中。新幹線で三原駅に降り立てばもう春。港まで歩いて七分。山陽商船の高速船はガラガラ。ベタ凪ぎの海原を一時間。大長港から句友の長濱要悟（俳号静謐）さんの車で金子賢二さんの畑に直行。先発隊はすでに鋏を鳴らしてネーブル畑をめぐっている。

名刺に百姓と肩書が印刷してある金子さんは五十歳。そのレクチャーはユーモラスで気合いがこもっている。まだ袋をかけたままの木もある。木で完熟させるために細心の管理を心がける。自然石を砕いて先人の築いた段々畑の石垣は、その石組の造型も美しいが、太陽熱を蓄える装置でもあるという。果樹と急斜面の石垣の間隔その他あらゆる条件を考慮してゆくのだ。金子さんを見ていると、農園の経営は苦労も多いが、創造的でやり甲斐のある天職と思える。

俳人交流会で「早苗」名誉主宰、一九一六年生まれの秋光道女先生に再会。名文家としても知られる。一九三八年に結婚されて以来、この島に住む秀れた指導者である。

『螢』という句文集をいただいてひもとく。「早苗」の投句者をモデルとした一篇。原爆の閃光で気を失った彼女が目を開くと、傍らに一人子の亡骸とその子が胸に抱いていた夫の右腕。すべてを抱きしめ夫の実家めざして歩きだすが夜道に迷う。露に濡れた草の上で呆然としていると、一匹、二匹と螢が現れ、道案内。導かれて夫の家の門前に倒れ着く。夫の腕と子の遺骨を入れたアルミの弁当箱を携え、広島に働きに出た彼女はやがて全盲となり、肺ガンで逝く。彼女を指導された道女先生のご主人、医師俳人泉児氏も投下直後の広島に同僚をさがしに出かけたその後遺症で先年亡くなられた。

「私も黒田さんのお母さまのように九十五まで生きましょう。またいらしてくださいね」と柔らかな手で握手してくださる。

満

杉本秀太郎先生のご自宅、奈良屋記念杉本家の特別展「雛飾り」を拝見したいと京都にゆく。典型的な京町家のその空間に身を置かせていただく時間は得がたい。保存会に入れていただいているので、折々の案内が届けられる。そのおかげで涅槃会の朝に発たれた一澤帆布の親方、先代信夫さんの通夜に参じることができた。有難いことに私はご恩をいただいた先達の通夜、告別式だけはいつも不思議に日程が空いている。阿部なを、大塚末子、中村苑子といった大先輩もみな大往生。お別れに参上しては、「気」を授けられて戻る。

鞄屋のオヤジさんは私の京都の師匠だった。二十五年もの間、友人として遇してくださった。蕎麦の「なかじん」で柳原和子さんと落ち合い、本店すじ向かいの一澤工房に向かう。テントの下の喪服のよく似合う若い女性たちはみな従業員。泣き顔もまた美しい。笑顔の遺影はＮＨＫ俳壇スペシャル「東山新春」に桜守の佐野藤右衛門さんと揃ってゲストとして出てくださった折のもの。

祇園の「サンボア」に廻ると、通夜帰りのお客ばかり。陶芸と絵画展開催中の辻村史朗さん、その会場「たち吉」の中島さん、安田さん。「魅嘉」さん夫妻、マスターの中村立美さん……。喪主の信三郎さんはさすがにやってこないが、いつもの仲間がつぎつぎ現れる。大往生の人の大微笑を誰もが言う。

ホテルに戻ると、自宅からのＦＡＸ、高知県仁淀村別枝の中越律さんが長逝されたと。代々秋葉神社の宮司をつとめられる旧家。その庭の一角に樹齢百八十年と推定される桜のある家。どこにも傷みのない比類なきすこやかさを示す大枝垂桜が、心ゆくまでその枝を張り拡げ、土を掃かんばかりに千條の細枝を垂れている桜浄土の花の主であった。

五年前の四月五日、九分咲のこの大桜をつつんでいた雨脚が裏山へと退いてゆくたそがれの陽光の中に拝し、続いて翌年二月十一日には、秋葉さま例大祭の日に一葉もまとわぬむらさきの桜の枝が、蒼天から光の鞭となって降りそそぐその場面に居合わせた。

三度目は五月四日。仁淀の茶摘どき。耳を聾する土佐山中の初夏の雨。銀色の巨大な雨脚があらゆるものを打ち、つつみ追いかけてくる。茅ぶきの家の障子をすこしあけ、濡縁に近く膝をすすめて座られた律さんが無数の野鳥を雨やどりさせているまみどりの葉桜の大樹に目をやりつつ、夫人とこの桜木の越し方行く末をしずかに語ってくださった。

京・東山の一澤翁。土佐・仁淀村の中越翁。ともに傘寿を越えられ、悠々と米寿に向かわれる途次、匆然として天上に発つ。心満ちたりて、この世の時間を堪能しておられたその風姿を、ほころびはじめた彼岸桜の濃き花の闇の奥に拝する。

瞑

残花を仰ぎたい。そう思いつつ大津に至り、三井寺の境内に入る。啼きわたるその声はすでに老鶯のものだ。長等山園城寺、言うまでもない、天台寺門宗総本山。京都から湖西線に乗ればあっという間である。一年のうち、何度かここの空間に身を置かせてもらう。五月から六月にかけての、真緑の山内にうち沈む堂塔のたたずまいもよいが、今日のように四月半ばの、芽吹きの勢いにあふれた木々の下をゆっくり巡るひとりの時間も得がたい。

やっぱり残っている。勧学院を囲む穴太積の高々とした石組みの上から、二幹のしだれ桜が羽衣のように花の枝をひろげている。白々とこまごまと、その無数の花はしなやかな細枝を満たし、かすかな午後の風をとらえては、光をあつめ、ささやくように揺れ交わしている。

光浄院客殿とこの勧学院客殿はともに国宝、桃山時代の金碧障壁画の襖絵がある。狩野山楽筆の光浄院の作品は落ちついた色彩で心に沁みるが、勧学院一之間、狩野光信筆の金地著色の四季花卉図のあでやかさもよい。杉や松のみどりに配された桜、梅、椿等の花の構図は心をほぐしてくれる。日本の住宅建築を代表する書院造の遺構として、どちらも世界的なものだ。

光浄院の広縁の奥には、付書院、出書院と呼ばれる造り付けの机を設けた上段の間が突出しており、この書屋のほとりに座して瞑目していると、山内の木々の声、草々の声が立ち上ってくる。日矢を享けた樒の花が遠き世の遠き国の香をほのかに放ち、池泉をとりまく石をつつむ苔の上に、ちいさなちいさなすみれが三々五々貼りつくようにちらばって、みないきいきと花をかかげている。灰紫、濃紫、乳白色……。

さらによく見れば、寂かに立ち揺れている花の群に目をこらしていると、いつとなく世界が暗転して、すみれの小花が星座と化してゆく。まだまだ日は高いのだと、句帳を手に立ち上がれば、屋根の上をはすかいに三光鳥が啼きわたる。長等山の三光鳥はとりわけ、月星日、つまりツキ・ホシ・ヒーと端正に啼く。園城寺でこの野鳥の声を頭上に浴びるよろこびのときを重ねてきた。

どこからともなく舞ってくる名残りの花びらを髪に享けつつ、フェノロサの墓のある法明院に向かう。日本の文化に深い理解と愛着を示したフェノロサの遺骨は、遺言によりシベリア鉄道経由でこの園城寺に至り、手厚く葬られた。ゆっくりと歩をすすめる途次、いつものように、西国三十三観音第十四番札所にもお詣りをする。

いでいるやなみまのつきをみいでらの　かねのひびきにあくるみずうみ

すでに八年余の歳月をかけて、私達の西国の観音巡礼吟行も満行となっているが、いつの間にかご詠歌を誦することができるようになっていた自分におどろく。

往

暉峻康隆先生（俳号桐雨）が長逝された。満齢九十三歳の大往生。まだまだお元気でご指導いただけると思いこんでいたので、訃報に接したときは全身の力が抜けてしまい、涙も出なかった。四月二日、万朶の花の東京を発たれた。遺言により、葬儀告別式は行われず、新聞発表も日を置いてなされた。偲ぶ会は五月二十五日（金）に、早稲田大学大隈講堂で。私も何か話をさせていただくことになっている。思い出は山程ある。

はじめてお目にかかったのは十数年前のこと。本郷の東大赤門前の法真寺で修される文京一葉忌に特別講演者として招かれた先生に、小学館の担当編集者であった佐山辰夫さんがお引き合わせくださったのだ。晴れてはいたが、十一月二十三日。金色の銀杏落葉がからからと舞う寒い日。先生のお湯呑に注がれる日本酒。

「私はいま、除夜の鐘の句をいろいろと作っているところです。八十近くなりますと、煩悩の数も減ってきてね。それで、

百八はちと多すぎる除夜の鐘　　桐雨

こんな心境なんですが、あなたおいくつ？　四十代の終わり。煩悩も炎えさかるお年ごろですなあ。

もうすこし撞いておくれよ除夜の鐘

という句を差し上げましょう」

切短冊に認めてくださるその筆圧の強さ、筆勢の躍動感。代作していただいた一句を句帳に栞り、本堂での講演を拝聴。

樋口一葉という女性が、すっと眼の前に立ちあらわれたよう。分かりやすくて、学術的で、面白くて哀しくて、説得力があって、緩急自在、ずーっと聴きつづけていたい名講義。

以来、連句のときの俳名「杏花」を賜り、たびたび歌仙興行の場に加えていただいたり、「NHK俳壇」のゲストとしてご出演くださったり、各地での俳句大会にご一緒したり、鈴木真砂女さんの「卯波」の宴席にお伴したりと、愉しくて、ためになる時間を文字どおりたっぷりと体験させていただく幸運を授けられてきたのだ。

「季語の現場へ」という私の行動を支持され、「俳句列島日本すみずみ吟遊」を十年間は徹底してみたいと発心した私の生き方を、誰よりも深く理解され支援してくださった。

「焦っちゃならん。時間をかけること。人に頼らず自分自身の眼と心で、この世の中をしっかり体験してきなさいよ。思う存分やってみること」

「あなたをみんなが待っている。花咲おばさんとして、日本中の俳句を愛する人々と、自由で平等な交流を続けてごらんよ」と励ましてくださっていた。韋駄天という名もいただいて、恐縮していた。最後のお葉書にはたった一行。力をふりしぼられていつものごとく堂々たる筆跡を示された。

大雪で韋駄天杏子立往生　桐雨

無

郡上八幡大寄席のことは、ずいぶん昔から耳にしていた。昨年の夏、連句フェスタ宗祇水に招かれたときから、今年は必ず行ってみようと予定を立てていた。

結社の大会、「全国藍生のつどい」の終わった翌朝、六月十一日（月）朝十時に奈良ホテルを発つ。近鉄、のぞみ、名鉄と乗りついで、十二時三十分新岐阜発郡上白鳥行の高速バスに身をあずけると、十三時三十五分には郡上八幡殿町の大寄席事務局、珈琲「門」の扉を押していた。

永さん、扇橋さん、小三治さんがほんとうにびっくりしてくださったので嬉しくなる。本日、第二十七回のプログラムには、「よる六時半　安養寺本堂にて☆司会　永六輔☆落語　柳家小三治・入船亭扇橋・扇辰☆色物太神楽曲芸　柳貴家小雪（主催）郷土文化誌『郡上』」とある。四時すぎからぜひ楽屋にと誘ってくださったので出かけてゆく。地元の方々の心づくしの朴葉ずし、山菜の煮物、お菓子飲物などがつぎつぎ届く。

永さんが、「僕たちは昨晩可児市で舞台をつとめ、あすの晩は宇奈月温泉で一舞台。もしよかったら、一緒にあすの朝僕たちとここを発って、高山の冬頭屋でお昼を食べて、特急で高山から東京に戻るっていう案はどう」と言ってくださったので、「午後一時八分のワイドビューひだに乗れるならばお供します」と即座にお答えした。だんだん旅芸人の気分になってくる。

安養寺は、お城と古い町並の見えるいい場所にある。座布団を小脇に抱えた人々が三々五々集まってきて、風格のある本堂の囲りに群をなしている。開演の三十分前から会場整理と称する永さんのトークショーが始まる。これはどこの舞台でも恒例のこと。

永さんのご配慮で、私は高座に向かって右手の衝立ての陰に座る。「噺家や芸人さんを真横から間近に見る機会はないから」と。私は実に面白かったけれど、小三治さんに「やりにくかったあ」といわる。「席亭だと、お囃子のおばさんの座ってる席だもの、アハハハ」と永さん。ともかく大変な熱気である。

五百名ものお客がぎっしりと膝をくり合わせ、関係者、サポーターは本堂の廻りの廊下に立つ。トリの小三治師匠の噺は一時間余におよぶ。独演会でもめったにないこの長さ。九時のお寺の鐘がゴォーンと鳴り響いてもなお続く。

永さんに呼ばれ、たった二分ほど舞台に上がっただけなのに、私にも大入袋が渡され、晩ご飯も出演者扱い。恐縮して宿に入り、「郡上」誌を開く。町の人たちの座談会が特集されていた。たにざわゆきお編集長の発言に「司会役の永六輔さんが初回からずっと文字通りのノーギャラで……」。あす私は何としても永六輔一座の車で高山までついて行かねば、と決意する。

蔵

七月五日（木）、宇多喜代子さんの蛇笏賞を祝う集い。新幹線を新大阪で降りて千里阪急ホテルにゆく。ごく内輪のそれも昭和生まれの連衆による会に、遠方からの参加者は九州から寺井谷子さん、そして私の二人。出席者ひとりひとりが主役の晴々とした夏の夜の宴。談笑の輪を解きかねる趣きの中で充実の二次会も果てた。

宇多、寺井、黒田が事務局をつとめた藤川游子さんの部屋に集まる。藤川流煎茶手前の新茶を喫しつつ、ついに話は尽きず夜が白む。仮眠、朝食ののち、ホテルから四人うち揃って伊丹の柿衞文庫へ。タクシーであっという間なので驚く。誰も睡たそうな顔でないのはどうしたことか。特別展「涼を詠む」を観てのち、大河内菊雄館長にごあいさつ。

岡田利兵衛翁の孫にあたる岡田麗学芸員が「ごらんください」と応接コーナーの壁面に掛け流してくれた一行物。

凩なにもて死なむあがるべし　　苑子

今年一月五日に長逝された中村苑子さんから藤川さんがいただいていた軸を、二年前苑子さんが来館されたのを機に寄贈した柿衛文庫の所蔵品である。師系も流派も超えて、苑子さん晩年の十余年を親しくさせていただけた私。

昨夜は宴のただ中で、苑子さんの命日と思って瞑目していた。まさに「洒竹・竹冷文庫」（東大図書館）、「綿屋文庫」（天理大図書館）と並ぶ日本の三大俳諧コレクションの一つ、ここ柿衛文庫で、生前めったに筆をとられなかった苑子さんの堂々たる墨蹟に対面できるなどと、夢にも思っていなかった。優しい麗さんが、「これはまた雰囲気が異うのですが」と大きな畳紙を開く。銀張の六号色紙に躍る文字。

翁かの桃の遊びをせむと言ふ　　苑子

手にとって顕ちあがる墨いろを眺める。肉体はこの地上を発って、すでに六か月を経過しているが、ゆくりなくも新盆の前に、長軸と大判色紙、二点の墨文字に対面していると、その人は死んでいない。いよいよ生きている。

伊豆に生まれ、東京で暮らし、富士霊園に眠る女人の言霊が伊丹の酒蔵、岡田家ゆかりの空間に所を得ている。芭蕉、西鶴、鬼貫、蕪村、千代女、子規、紅葉、鏡花その他の墨いろとともに、はやくも古典としての風格を帯びつつある。筆蹟は雅趣のうちにも苑子さんらしい意志と決断力が示されてはなはだ潔い。生身の人間以上に一行十七音字の宇宙は、その墨蹟は作家その人なのだ。

このたび、また新しく復元公開された重文の旧岡田家住宅ほか。その縁側に一同うち揃って並んで腰かけ、脚を垂らして梅雨の晴間の中庭を渡ってくるまみどりの風に吹かれていると、句縁というこの世の不思議な絆に思わず手を合わせたくなってくる。

送

八月十五日（水）。イタリアから帰国中の裏千家ローマ出張所長野尻命子さんと私は、和歌山県由良の通称開山、興国寺法堂脇の石段に腰かけて星空を眺めていた。薬石（夕食）の前に、ひぐらしにつつまれた竇浴（湯屋）で汗を流させていただいた。涼気無限である。

正面に組まれた施餓鬼棚の前に祀られた、純白の巨きな切子燈籠に灯が入った。大切そうに切子燈籠を捧げた人々が山内に昇ってくる。各自あたりの木の枝に立て掛けて静かに蠟燭を灯す。純白の切子は新盆の家。淡紅、縹色などのものはそれぞれ回忌を重ねた盆の家のものだ。

虚鈴庵に待機していた虚無僧姿の人々もうち揃い、尺八が流れる。堂内でおつとめののち、山川老師ほか僧侶のあとに、切子燈籠を掲げた人々が家族単位で列をなし、法堂をゆっくり三廻りする。六斎念仏講の一団が鉦を打ちつつ声を揃える。一行は再び列をととのえ、山門を下り、虫しぐれの野道を登り、昔の刑場跡という広場に集結。

篝火を囲んで、少年たちが両手に短い松明をかざしては踊る。と見れば、歯朶などを束ねて巻き上げた巨大な松明の両端に火の燃えている土俑というものを背負った若者が、力比べよろしく順番に登場、重量と火力に耐えて篝火を三廻りして見せる。

どうと崩れ、とび散る火の粉。そのうしろの闇を切子燈籠が無言のままに埋める。支えている人影は闇に吸われ、大小の切子だけが中空に仄と浮かぶ。切子の垂らす白紙にはことごとく南無阿弥陀仏と剪字してあった。その文字も闇に吸われ、百基近い切子の裾には、白々と紙の尾が垂れるのみ。数え切れない狐火、いや白帷子の人の姿か。妙なる楽の音がいまにもあふれてきそうな切子の闇。どこかで見た光景だ。露けき草に腰を下ろし、眼をつむる。ガンジス河に浮かべた小舟から一夜望拝したインドベナレスの、井桁に組み上げた薪の炎。そのただ中に崩れ落ちていった白布にくるまれた人間。その荼毘の光景だ。

林立して闇の奥で静かに刻を待っていた切子たちが、いよいよ動きだす。高まる読経、念仏、尺八。家族の手で一基ずつ篝に投ぜられるや、瞬時に燃え尽きる。火にくべると、切子の素材はあとかたもなくなるものばかりだ。

篝火は消え失せた。静謐な火のまつり。素朴と簡素の美を尽くした送り盆だ。

あしたに野きて野辺見れば　影も形もなかりけり　少し残りし物とては　見よ骨ばかりが見えにけり（念仏）

由良の開山門前に伝わる六斎念仏の古曲も、野にひびく明暗流の寂かな尺八の音色も、ともに耳にのこる。

消

正岡子規没後百年を記念する「ＢＳ俳句王国」の公開生中継に出演のため、松山にゆく。前日九月十四日、指定された時刻より早い便に乗り、空港から道後の宝厳寺に直行。

豪雨が上がってひやひやと秋の風情。風を集めて萩が咲きだし、ちりひとつとどめない庭に秋草が揺れ交わす。一遍像を祀る誕生寺だが、めったに観光客は来ない。静かで清浄な空間。

ここに来ると、子規も漱石も虚子もとても身近に感じられてくる。人に踏まれないうちにと、今朝は合羽を着けて二幹の大樹のふり落とした銀杏を、長岡隆祥和尚が拾い尽くした。

お抹茶の缶の封を切って、点てていただいたお薄をお代り。昔造りのガラス戸を通して、居間から眺める庭の景に心が安まる。すみずみまでよく拭き上げられた懐かしいガラスのゆがみが、時間の流れをゆっくりと、たっぷり拡大してくれる。「夕刻前に戻れるところに行ってみましょう」。本堂の一遍さんにお詣りをして出る。今年は時宗の開祖遊行上人一遍の七百十三回忌である。

長岡さんの連れて行ってくださるところは、一遍さんゆかりの場所だ。私は安心してカーステレオのオペラを聴いている。

「ここから右手に入れば岩屋寺。左に向かえば一遍さんの実家のあったところ」と言われて、「三年間修行をされた窪寺跡をめざして行くのだ」と、私の期待は高まってゆく。

車だからどんどん進むけれど、見晴らしのきくかなり高いところに登ってきている。立派な構えの屋敷がある。「ここの家の方が力を尽くされてねえ」。さらにゆくと、見渡すかぎり曼珠沙華の群落。ワッといっせいに開いているところ、うす緑の莟をぞっくりと立てている一角。およそ十日ののち、二十三日の一遍忌（遊行忌）のころは火の海になるだろう。

信濃の善光寺で参籠、二河白道の図を描いて伊予に戻った一遍はここ窪寺に籠もり、三年の間、いっさい人と交わることなく、「万事をなげすてて専称名す」と聖絵の巻一にある。

来てみれば、深い木立と凛冽な山水の響き、人気のない畑。その一帯を埋め尽くす勢いで曼珠沙華がひろがっている。三年閑室の跡とある碑のほとりの径を、秋水から上ってきた小蟹が横切ってゆく。淡いとき色の甲羅に脚は紅さんご色。邯鄲、鈴虫、こおろぎ、鉦叩……。

虫しぐれの山気を深呼吸していると、先月訪ねた由良開山の法燈国師が、四十九歳の一遍に印可を与えたときの歌が口にのぼる。「となふれば仏もわれもなかりけり南無阿弥陀仏なむあみだ仏」。

長岡和尚がつぶやく。「最初、その結句は、なむあみだぶの声ばかりしてだった。声は余計だと国師に言われた。そこをすっぱり消せたとき、すごい歌になったねえ」

惜

十月十七日（水）。台風の余波でかなりの吹き降り。ＪＲ総武線亀戸駅で下町タイムス記者、下町連句会主宰の伊藤哲子さんと落ち合い、十三間通りを蔵前橋通りまで歩き、右手角二軒目の割烹升本でお昼。復興した江戸野菜亀戸大根が供される。日本一小さな亀戸大根の肉質はきめ細やか。たまり漬、三五七漬が実においしい。常温の日本酒でゆっくりと。売り切れ寸前の大根まんじゅうも一箱手に入る。店の前に大根が束ねてある。

すさまじい雨脚。タクシーで明治通りの砂町銀座入口下車。通りは狭いが活気がある。すし、天ぷら、野菜、たこ焼、魚、惣菜、下着、小間物、肉、果物、酒、米……何でもある。中ほどの靴屋と金物屋の間を右に曲がると、哲子さんおすすめのカフェ砂町銀座。この日はたまたまのお休み。

次にめざすは砂町文化センターだ。商店街の切れた十字路を左に折れた右側。風雨の中、熟年の男女がぞろぞろと出てくる。㈶江東地域振興会が運営する書道、絵画、ダンス、音楽ほか各種の講座が目白押し。所長の井上孝志さんにお目にかかり、二階の一角にある「石田波郷記念館」にご案内いただく。国民的俳人であった波郷は砂町に住み、江東を愛した。開館一周年を待たず、すでに入館者は一万人を超えた。地方からくるファンも多いという。この十一月二十一日は早くも三十三回忌。話題を呼んだ長子石田修大氏の『わが父波郷』につづき、近く『波郷の肖像』も同じく白水社から出る（既刊）。たのしみである。

「俳句は生活の裡に満目季節を望み蕭々亦朗々たる打座即刻のうた也」と墨書された色紙など。遺品の中の、一本の木の杖に目がゆく。赤城さかえより贈られたその杖の握りの部分に「惜命」と波郷が彫りつけた文字。

いよいよの大雨。こんどはティアラこうとう（江東公会堂）だ。タクシーでワンメーター。来日中のアイルランドの女性詩人ヌーラ・ニー・ゴーノルの朗読がある。ゲストの高橋睦郎、佐々木幹郎さんたちと打ち合わせ中のヌーラに、睦郎さんが紹介してくださる。長い長いあふれる金髪の持ち主。温かく柔らかな手。

坂上真清のケルティック・ハープ演奏ののち、ヌーラの舞台。初の邦訳詩集『ファラオの娘』（大野光子訳・思潮社）を抱えた詩人は、アイルランドの母語・ゲール語で作詩活動を続け、「二十世紀最高の詩人」と評価され、「国民詩人」の称号を与えられている。地母神のごとき女性。一度耳にしたら忘れられない声。

わたしは希望を水に託す、この言葉の小舟に乗せて……。ヌーラの声はあまねく天地に響き、聴く者の身にしみわたり、魂をゆさぶる。その声が消えてしまう終演に向かう時の流れ。その一刻一刻をこの夜ほど惜しんだことはなかった。

聴

今年の九州勉強会は熊本県の人吉。私は福岡空港で降りて、山鹿燈籠祭で知られる山鹿市経由で人吉に入った。相良氏七百年の栄枯盛衰の歴史をとどめる城跡や青井阿蘇神社、相良三十三観音のある小京都。何より球磨川が町を貫いているそのたたずまいがよい。

九州各県から集まった句友のうち、人吉ははじめてという人が多いことが意外だった。

私には十五年ほど昔、ある雑誌の企画で「吟行各駅停車　肥薩線をゆく」という旅で訪ねた懐かしい町だ。市内には五十の源泉が点在、三十あまりの公衆浴場、十七軒の温泉付き観光旅館ホテルがある。日本酒党の私は焼酎は全くいただかないが、人吉・球磨地方には二十七軒の米焼酎の醸造元がある。

地元の人気の店「丸一そば」はおいしい。客はみな「ざるとかしわ」を注文しているので、私も真似てみる。四百円ほどのこのかしわ、細かく刻んだ地どりの風味とその汁の味わいが絶品。新そばのざるを私はこのかしわの丼の残り汁でいただいた。又来たいと思いつつ店を出る。

大勢で集う旅は前泊がよろしい。蒼天から光の矢が降りそそぐ小春日和を一同揃って、球磨川下りを体験。急流コースの夏が過ぎ、いまは比較的おだやかな清流コースのみ。舟には十四人ずつ乗る。

一時間半の舟遊びだが、何とも素敵な船頭さんにめぐり合う。話しぶりがしみじみとしていて、深く人吉を愛し、球磨川を愛しているその気持ちがよく伝わる。

「昔ほどではありませんが、人吉名物は霧です。一年のうち百五十日近く霧に沈みます。今日はよく晴れてくれました。青鷺が増えています。やませみも翡翠もおります。ホレ、あの青と朱色の目立つ宝石のような鳥が翡翠です。青鷺は孤独が好きなんですね。ポツンポツンと一羽ずつ持場を守って川岸の葦原にああして佇って、いつ見ても孤りなんです。

この舟ですか。私が造りました。船大工は五名ほどおります。いま私は五十七です。樹齢七十年ほどの杉の木で、四か月くらいかけて完成させます。十五艘くらい造りましたかね。農業もしております。メロンをね、作っております。皆さま、よくぞこの人吉までいらしてくださいました」

人吉観光㈱くま川下り　船大工・船頭一橋国広さんの名刺を枕元に置いて、暁方目が覚めた。川岸の老舗、木造の宿「人吉旅館」はすみずみまで磨き上げられていて、素足で歩きたい。カーテンを引き開けたが何も見えない。ミルクより濃い霧が窓を覆って、本当に何も見えない。濃い霧はよく見れば、動いてはいる。十一月十一日人吉盆地は全くの霧の底。私は何も見えない窓を開けて、とどまらず流れてゆく暁霧の声を聴いていた。

閑

四国遍路吟行も四年目が終わる。五十代の末からはじめて八年ほどの計画。あと四年たてば、私も六十代の後半になる。年四回、季節ごとに一か寺というロングランの行。第十六回の吟行地は第十九番、徳島県小松島市の別格本山立江寺。句会場もここの立派な大広間。私は毎回、前後の日程をとって附近の札所や面白そうなところを個人的に巡っている。

十二月八日（土）は、歩き遍路にとっては「遍路ころがし」の名で知られる、第十二番の準別格本山摩廬山焼山寺に出かけた。雲霧山根をめぐると形容され、また、「向こうの山に寺楼見えたり。是こそ焼山寺とて嬉しく思へば、寺との間に深谷在り。道はその底に見たり」と江戸期の澄禅の遍路記にもある、八十八か所随一の難所である。

一番札所からここに至った者が、自信をつけるか、挫折するかの別れ目というその寺に、私は徳島市内から瀬戸内神仏具店主のワゴン車で山上までできてしまった。寂聴先生の甥、瀬戸内敬治さんは、敬舟の号を持つ句友である。

途中、すだちの名産地として知られる神山町なども通った。木になったたまま、みかんより濃い色に熟れているものも多いが、ぽつんぽつんと山道に設置された無人の販売所では、五十個ほどもビニール袋に詰めた橙色のすだちがなんと百円。手にとってその安さに驚いていると、素足に草履をはいたおばあさんが現れ、「このすだちはな、種子がないからいいのよ、買ってな」と言う。

車の道はいまは舗装されてはいるが、細い上にかなりの急カーブが続く。山を巻いて巻いて本堂脇に至る。風もなくよく晴れて、四国山地の峰々が一望。遠くの山はむらさきに、近くの山は冬紅葉してゴブラン織のよう。刈りこんだ長い長い山茶花の垣根が見事だ。

囲炉裏の間に通される。榾火の香り。柿、欅、令法その他、名前の分からない樹木の榾が見事な切口を見せて、惜しげもなくくべられている。柱も戸板も壁もまっ黒に煤けて光っている。大黒柱に倚りかかって見上げると、吹抜け天井のはるかな上に水色の天窓。燃え続けては崩れる根榾や束ねた枯枝の炎の音に耳をあずけて瞑っていると、昼なのか夜なのか、この世なのかあの世なのかおぼろげになってくる。

自在鉤にかけられた釜の湯で、たっぷりお茶をいただく。奥さまが大鉢に焼銀杏を盛って、「熱いうちに」と炉端に置いてくださる。鳴門芋を銀紙につつんで、炉の隅に片寄せた熾の上にのせる。ぼんやりしているうちにホクホクの焼芋が炉縁に並ぶ。

障子にはめられたガラスの向こうに、暮れてゆく山脈が濃く淡く絵のように見える。土間の引戸もその眺望を堪能できるように設計されているのだ。暖かい。閑か、そして睡たくなってくる。

潜

十二月十日（月）、東京発九時五十六分の東北新幹線、やまびこ九号の座席に落ちつくやいなや、眠ってしまったらしい。目がさめると、仙台に近づいていて、うっすらと雪が積もっている。ときどき日射しがパッと強まったりする。

岩手県種市町に向かっているのだけれど、その前に盛岡で乗りかえ、八戸で降りることになっている。昨日まで四国の遍路吟行で札所の寺を巡っていた。

友人の志賀かう子さんが、種市町民文化会館セシリアホールの館長になったというので、急遽その未知の町に行ってみようと思い立った。盛岡で特急はつかり九号に乗りかえる。寂聴先生の天台寺にゆくときと同じコースなので気が楽だ。どんどん雪が降ってくる。八戸に近づく。同じ車輌に乗っているのは、イギリス人らしい若い女性と私だけになった。

八戸駅には、白鳥を見にゆく仲間がワゴン車を用意して待ちかまえていてくれた。森の中の二つの沼を見て廻る。片方の沼には鴨とゆりかもめと白鳥が集まっていてかまびすしい。もうひとつ奥の沼には白鳥だけが浮かび、雪の日暮れの寂けさを満喫する。

ここは青森県だが、目ざす種市は岩手県九戸郡の海べりの町、南部潜り発祥の町である。

文化会館館員の信田さんの運転で志賀さんと種市に着いたとき、すっかり暮れていた。かなり冷えこむ。アグリパークおおさわに泊めていただいたが、露天風呂に身を沈めると、雪がちらつき、星空が額の上に落ちてきそうだ。

翌朝雪道をゆく長靴を貸してもらって、またワゴン車であちこち連れて行っていただく。役場は海のまん前。関根重男町長に町の歴史や特産物などを伺っているうちにお昼になった。

料亭にどうぞと案内されて、座ったところは漁具などの置いてある大きな浜小屋。炉には炭火がかんかんに熾っている。その上の網に、海老、あわび、北寄貝などがどっさり。おにぎりも焼けていていい匂いがする。実においしいけれど、食べられる量は限りがあって残念だ。

県立種市高校には、世界でも珍しい潜水技術の専門課程がある。その生徒たちの実習を見学したいと願って連れて行っていただく。ここのプールは全国唯一の海洋開発科の舞台だ。中村教諭の指揮の下、高校生たちが重たい装備を着けて、つぎつぎ潜水してゆく。全国からこの学校に集まる生徒たちは、専門技術を身につけて本州四国連絡橋、東京湾縦断道路、羽田空港拡張工事、関空工事ほか大型のプロジェクトに参加、さらに東南アジアなど海外でも活躍する場があるという。

訓練を終え、潜水服を脱いだ若者の素顔。みずみずしいその表情は何とも美しい。

霊

近鉄榛原駅前を、藤本安騎生さん運転の車がスタートしたのは午後一時。助手席に茨木和生さん、後部席に宇多喜代子さんと私。二月十八日（月）の今日は旧正七日、七種である。
長年、東吉野村の俳句を中心とする地域おこしに力を注いでいる三人の句友に案内される深吉野の旅がはじまる。東吉野村は、原石鼎が明治四十五年春から大正二年まで兄の医業の助手として住み、ひたすら句作に打ちこんだフィールド。診療所分院兼独居の旧宅も石鼎庵として復元、公開されている。

花影婆娑と踏むべくありぬ岨の月
山風の谷へ火ながき蛍かな
山国の闇恐ろしき追儺かな
頂上や殊に野菊の吹かれ居り
淋しさに又銅鑼打つや鹿火屋守

昔「石鼎全句集」一巻を筆写した。いよいよこの作家の鮮烈な宇宙観に眼と心を洗われる心地がする。座敷に座っていると、突風でガタンと障子がはずれかかる。山も川もいちめん降り出したぼたん雪に沈んでゆく。

平成元年から茨木、宇多さんたちの協力を得て、村が建てた碑がすでに十四基。その地霊と言霊に逢いにゆくこととする。ゆくほどにこの村は広い。今宵の宿の天好園の灯を目の端に藤本車は縦横無尽、何しろこの人は大阪からこの村に惚れこんで移住したのだ。

大又渓谷の吊橋を渡ると、七滝八壺が轟いている。滝道の入口に昨年十二月に急逝した三橋敏雄句碑。「いい場所でねえ、ありがたい」とよろこばれた先生から記念のテレカを何枚もいただいていたが、その現場に身を置いて涙がこみあげる。縦長の赤御影石に流麗な先生の筆跡。

絶滅のかの狼を連れ歩く　敏雄

碑文字をなぞり、碑裏に廻る。風花は霰に。轟く滝音を背にすっくと佇つ碑面にたばしる霰は敏雄先生の声。秀吟を愛する人たちに守られる石は作家の化身。額づいて合掌。滝道を登り、滝壺の水を一掬。

鈴木六林男句碑は天照寺薬師堂境内にある。文化財指定の釘を使わない茅葺の合掌づくり。懐かしい感じのする天然の青石。

月の出の木にもどりたき柱達　　六林男

能舞台形式の堂内で、毎年八月に念仏踊が奉納されるのだという。碑面に近づくと龍の玉がこぼれつぐ。六林男先生の含羞を含んだ笑顔が浮かぶ。三日月が輝きだす。句碑に対面できたことを泉大津市の六林男先生に今夜、天好園から電話でご報告する愉しみが与えられた。高見山は霧氷に覆われて青く聳えていた。

遊

いろを思案のうちとけて、うゐの、奥の手、しられじと、(合) くるわ遊びのかりねにも、あさき、夢みず、ゐひもせず、(合) たゞわすられぬあだ人の (合) その面影や、したふらむ。

二上り よそめのみ、忍ぶ恋路とみせかけて (合) 心に刃とぎすまし、おもてばかりの、酒きげん (合) いつかかたきをうつの山、夢にも人に、しられじと、遊ぶ、遊びはあだならで、思ひをとげし、雄々しさよ

冷泉大人作詞、平田小富士作曲、三世井上八千代振付による「深き心」を、祇園一力亭の一階大広間で五世井上八千代さんが舞う。二階には大石良雄ゆかりの品々の展示。

三月二十日、空前絶後の早い桜の開花、花人のゆき交うこよなき京の麗日のひるさがり。私のような者が夢まぼろしのごとき大石忌の時間に身を置けるのも、祇園「川上」の松井新七さんとの句縁のおかげである。祀られた四十七士の木像を拝し、万亭一力を出て、横町の進進堂で珈琲を喫む。しばしおしゃべりを愉しみ、店に戻る松井さんと別れる。古美術「近藤」に預けたままの古裂を貰いにゆこうとして、ふと「何必館・京都現代美術館」のドアを押していた。ここの村上華岳、山口薫、北大路魯山人のコレクションは見ごたえがある。

夜の約束まで間があるのもうれしく、受付に一澤の鞄を預け、句帳とペン、眼鏡だけを手に各階の作家の展示室を巡ってゆく。二階に村上華岳室。入口の「妙音天」（昭和十二年）の前から離れられなくなる。右手に蓮の花、左手にシタールを抱えた素描に近い小品。かの「太子樹下禅那図」の前年の作品だ。

つき当たりの壁面に、華岳の画論の一節のパネル。

〈線〉線といふものは「前世からの因縁」であるのかも知れません。人性の深奥所にある至純至真の心の姿でもあり、又我々の純真な要請でもあるのです。生命どころでもあります。その「線」が「宗教」と結び付くのも、実は当然のことでもあります。只に、人性の上のみならず、恐らくは、宇宙を貫く、或る種の根本的なものでなかろうかとの疑ひを持つてゐます。

私は床に膝を着けて句帳に写してゆく。「制作は密室の祈りなり」と言った華岳の声を、じかに聴きとる心地がする。

うしろに人の気配がして立ち上がる。館長の梶川芳友氏と名告られる。初対面のその人に誘われ、ゆくりなくも館長室でお茶をいただく。今年で開館二十一年目という。顧みて、私も四十代から、少なくとも二十回ほどは街中のこの静謐な建物の内に身を置き、折々に心を遊ばせてもらったのだと感じ入る。

逢

四国八十八か所の裏関所と呼ばれる伊予の第四十番札所観自在寺。ここは第一番阿波の霊山寺から最も遠い。遍路吟行の句座に結集するためには、どのみち時間がかかる。

三月三十日朝八時、オリエントホテル高知を仲間とワゴン車、乗用車二台で出発。ドライバーは「ＡＯＩ高知ＭＩＲＡＩ」の青年グループだ。愛媛県境、仁淀村別枝の中越家のしだれ桜に逢って、そこから四国山中を走り南予に到る計画。高知放送キャスター、俳号渡邊三度栗こと護さんの連絡で、教育長の山本幸男さんが村の入口で迎えてくださる。麗日である。

ゆくりなくも六年前、雨上がりのたそがれどき、中越家の屋敷内に当主律さん夫妻に守られてきた樹齢百八十年、どこにも傷みのない無類の気品を湛えた満開のしだれ桜に遭遇、この日を以て三十歳から重ねてきた「日本列島桜花巡礼」を満行とした。現在は急がずに残花巡礼を続けているが、満行ののちも中越家の老桜には冬木桜の二月、メイストームの豪雨に洗われる葉桜のときと、折々の生命力に気を授けられる機会に恵まれてきた。

昨年三月十六日、花の主は九十三歳で昇天。その墓所は屋敷左手、日当たりのよいすみれ野の斜面に花の木を見守るごとくひろがる。新墓の大人命霊璽に携えてきた榊を奉る。

無住の庭の主なき花の木を訪ねて、高知や松山から大型バス。フラッシュを浴びつづける朝桜に別れを告げ、国道四三九号に出る。ゆくほどに一望の山桜。東津野村から県道一九号に入り、四万十川源流の大野見村を抜ける。東京の染井吉野は終わったが、四国山間部はようやくの花のとき。一時半、窪川町榊山町の中国料理「瀧」の二階に打ち揃い、にぎやかに円卓を囲む。

ここから国道五六号で中村市、宿毛市を経由愛媛に入る。城辺町を通り御荘町着四時。さっそく観自在寺に詣る。住職三好龍諦氏に再会。この秋、長子睦人氏晋山、引退とのこと。若夫人正恵さんと手をつないで駆け寄ってくれた日奈子ちゃんは、私がＮＨＫの遍路番組でこの寺を取材、滞在した折、新生児だった。住職夫人基子さんが「はるばるなあ、ようおいでくださった。お懐かし。ありがとう」と私の両手をつつまれる。

高知からまる一日、お四国の花行脚をしてきて、いま南予の海辺の古寺にいる。夕映えの万朶の花の木を仰いでいると、龍宮城に招かれた心地もする。そこここの花影に各地よりたどりついた句友が句帳をひろげて佇つ。永き日の暖かな夕べ。

句日記を書いて早々と宿坊の床に就く。暁方、枕辺に神官装束の中越翁が立たれる。とび起きて正座する。早発ちのお遍路さんの撞く鐘の音がゆるやかに、あけぼののいろの空を渡ってくる。

縁

五月十一日、永六輔さんのＴＢＳ「土曜ワイド　ラジオ東京」に招んでいただく。その昔、広告会社の番組プランナーであった私は、永さんの担当者であった。聞き手をつとめた『証言・昭和の俳句』（上下巻　角川書店）の話題。番組に寄せられたお便り、意見、資料が山積みだ。その一部をいただいてスタジオから羽田空港へ。出発時間まで大分間がある。靴磨の椅子に。くたびれた短靴がたちまち新品同様になる。姑の大島の仕立直しのもんぺ上下をこの店の奥さんに賞められ、ご主人に「お気をつけて」と見送られて代金六百二十円。

珈琲を喫みながら、永さんに手渡されたリスナーのお便りを読む。涙が出て困る。ぶ厚いコピーは「俳句研究」（昭和二十九年一月号）の座談会「新興俳句弾圧事件の思い出」。栗林農夫、藤田初巳、三谷昭、中村草田男が語る。松戸市の田中茶能介さんからの資料で「毎週楽しみに拝聴しております」とメモ。永さんへの信頼と、三十年も続く超ロングラン番組への熱い期待。ほとんどのページに永さんのマーカーが入っている。すべてを読了、合掌して鞄に詰めた。

米子空港着七時半。植田正治作品のモデル、カコこと長女の増谷和子さんに迎えられ、彼女のボルボで鳥取県日野郡溝口町のペンション村に。走るほどに闇が深い。大山山麓の五月闇。和風ペンション旅籠田辺屋到着。長子の植田充さん、高橋睦郎さん、植田正治写真美術館事務局長、学芸員などの皆さんが待ちわびておられ、歓迎と打ち合わせを兼ねた大山の山菜、山陰の海の幸中心の晩餐会。

翌十二日（日）、岸本町立「植田正治写真美術館」で開催中の「写真を読む・言葉を見る」特別展に関連して、植田正治の仕事を語る「写真と言葉」という対談を高橋さんと行う。植田正治の創作活動のすべてを知る充さんが進行を担当されるので心強い。

開会前からどんどん人が集まってきて、百八十名余となる。高橋さんは一九七〇年に雑誌「ａｎ・ａｎ」で、のちに『童暦』という作品集にまとめられるシリーズ写真に詩を寄せたこと、それ以前からの植田家との長い交流。私は先生が雑誌「太陽」で一九八八年に「おくのほそ道」を旅され、芭蕉の句五十句を撮り下ろされたときからのご縁で、先生晩年の十年あまり、しばしばお目にかかる機会を得ていた。

一昨年、八十四歳で長逝されるその日まで現役の写真家であった、世界的アーティスト植田正治。真清水のごとく鮮烈な実験精神。魅力あふれるその生き方を読み解く鍵ともなる詩的キーワードを、ゆくりなくもこの日、私は伯耆富士大山に真向かう会場に身を置いて、畏友高橋睦郎氏の発言から、いくつも手渡される心地がした。一期一会。つぎつぎ氏の発するその音声に、私は隣席からおそらく会場の誰よりも真剣に耳を傾けていた。

盛

五月二十五日（土）快晴。日航ローマ支局長谷川和彦さんの車に、イタリア俳句友の会会長カルラ・ヴァージオ女史、ローマ大学ジョルジョ・パトリーツィ教授、裏千家ローマ出張所所長野尻命子さんと私。今年ですでに第十六回を迎えるイタリア俳句文学賞に触発され、数年前の同賞受賞者のひとり、ロドルフォ・カレッリ氏が自分の町の子どもたちを対象に始めた第一回の吟行俳句会賞の授賞式に向かってローマを南下する。

花盛りの金雀枝の匂い。さやぐ新樹の森の延々と続く道を抜けると、十時過ぎ、サバウディアに到着。現在人口一万六千の町は、ムッソリーニが大規模の干拓をすすめ、イタリア北部の住民を移住させて一九三四年に誕生した。住宅地にはユーカリが多い。

国立公園の一角にモダンな集会所。その前庭にマットが敷かれ、男女二十名あまりの子どもたちがきちんと稽古着をつけ、きびきびと空手の型を披露。青年たちの剣道披露ののち、ホールで十一時、いよいよ俳句大会表彰式だ。

椅子席はすべて埋まり、通路まであふれる立見客。主催者代表のカレッリ氏がマイクをとると盛んな拍手。明日で任期満了という町長、文化広報官、国立公園所長の祝辞とつづく。日本から参加の私には、土地の伝説にちなむ魔女キルケーの版画が町在住の制作者から贈られる。代表選者のヴァージオ女史が小・中・高三部門の入賞作発表と選評。指導に当たった先生方の紹介。子どもたちを指導したグラマーで、パワフルな女性教師たち。

賞状と副賞、賞金（図書券）のプレゼンテーターは、鮮やかなサテン地のキモノ風ドレスの美少女三名。入賞作品はプロジェクターで黒板に大きく示される。受賞を告げられて嬉しさに泣きぬれる少女。両親と抱き合う少年。何度も祖母にキスされる子。友達と立ち上がって両手を高く掲げる少女。興奮のるつぼだ。花のような受賞者の表情を、町役場のカメラマンが一名ずつ記録。ヴァージオ、着物姿の野尻、黒田に薔薇の花束が手渡されて閉会。

サインを求めて集まる子どもたちの手にした賞状には、土地の名山チルチェオ山と秀峰富士がＨＡＩＫＵという凧の糸で結ばれている。運営委員全員参加の打ち上げ昼食会も盛り上がる。パン、ワイン、鱸と海老の網焼メインディッシュなど、郷土料理の滋味だ。森に自生する野生の蘭の図鑑に見とれる。

「来年は泊まって欲しい。古代遺跡や博物館もある。俳句を作りたくなる海山、森と湖の自然と歴史が我々の財産。子どもたちもさらにいい句を作るはず。お力添えのおかげで、はじめての俳句大会が持てた。みんなどきどきして取り組んだが、期待以上の盛会でホッとした」

うれしそうに語るカレッリ氏の感想に、小学校校長の夫人が隣席から力強くうなずく。

継

南青山二丁目、青山葬儀所の前でタクシーを降りると、地響きを伴うほどの雷がとどろき渡る。梅雨も上がるのだろう。控え室から式場に移ると、夏富士をかたどったオブジェに懸けられたダンディな下中邦彦氏の遺影が、はにかむようにほほえみかけてくる。小学館の相賀徹夫氏、評論家の加藤周一氏ほかの弔辞のあと、故人と四十年来の親交を結ぶ韓国の出版社、一潮閣社長韓萬年氏の弔辞はご本人がソウルで入院中のため、長子で国民大学文化人類学教授の韓敬九さんが代読された。

「植民地時代に生まれ育った私は、はじめて善き日本人と巡り合うことができました……」

若い敬九さんの日本語は美しく、かつ重厚。迫力を感じさせられる、その音楽のような肉声に耳をあずけていると、友情と真心という人間にとって最上の宝物を掌中にしているような愉悦感につつまれてゆく。弔辞に聴きほれつつ、私は何度も涙ぐんだ。

平凡社の皆さんと下中邦彦氏は私の恩人である。一九七三年に「アニマ」が創刊されたが、そのプロデュースにかかわって、私は博報堂社員のまま約三年間、平凡社編集局に机があった。出向社員の私はこの間、どれだけの人に出会い、どれだけの勉強をさせていただいたことか。雑誌が世に出て、定着すると、私は会社に戻り、しばらくして「広告」の編集長になった。

式場出口で手渡された『下中邦彦１９２５―２００２』は、一人娘下中美都さんの企画構成によるもの。おやじさんに対するなみなみならぬ敬意と愛情が、すみずみまでゆきわたっている。

その昔、お世話になった平凡社の大姐御高橋シメ子さんと、二十五年ぶりに再会。青山一丁目交叉点まで邦彦氏の憶い出を語り合いながら歩く。東洋文庫の七百冊目が刊行されたことを何よりよろこばれて旅立たれたという。

青山ツインタワービルにゆこうと信号を待っていると、そのビル一階の角の茶房からとび出してきた女性が両手を大きく振っている。なんと文通のみの交流で、この二十年一度も顔を合わせていなかった親友中の親友中野利子である。「下中さんのお別れ会でしょ。私のこと分かる？」と自分の顔を指さす。「分かる分かる」と私。

大学四年の夏、私たちはセツルメントの学生として、九州は大牟田の三井三池炭鉱第一組合の炭住でともに過ごした。慶応、東女大と大学は別でも気が合った。得がたい頭脳の持ち主と敬服していたこの人の母上は、かの土井晩翠の娘、その女性が英文学者中野好夫氏と結婚。彼女は『父・中野好夫のこと』（岩波書店）で、ずいぶん前にエッセイストクラブ賞も受賞している。

若い下中美都ちゃんも、私と同年の銀髪をいただく中野利子も、まこと父恋の人。父親の資質と知的たたずまいを、実に見事に受け継いでいることにあらためて気づく。

再

渡岸寺を訪ねるのは三年ぶりか。若いときから二十回はお詣りをしている。その昔は北陸本線高月駅で下車、歩いてきた。冬虹のつぎつぎと立つ刈田の畦を渡ってきた日もあったし、桜の花が満開の日も、地吹雪の日も、枯葉がとめどもなく舞ってくる日もあった。どんどん整備されてゆくが、懐かしい境内である。

八月に来たのは、はじめてかもしれない。車を降りて手脚を伸ばしていると、「あらぁ、お元気ですか？」と、茶店渡岸寺庵の中谷美千代さんがとび出してくる。ちっとも年をとらない人。「雪の日にうちで句会されたときいただいた色紙、額に入れて飾りました。帰りに寄ってくださいね。田楽をまたぜひ。待ってますから」。色紙はとり外してもらわねばと思いつつお寺へ。

本堂前でばったり出会った女性。六月のはじめ、「BS俳句王国」の句会に参加された広島の藤田柊車さん。「松山でお目にかかれて、終戦日の観音堂で再会できるなんて」とよろこばれ、ご子息の構えるカメラに並んで収まる。堂守のおじいさんたちも顔なじみだ。蟬しぐれにつつまれて立たれる十一面観音像のお姿。お守を買いモノクロームの観音像を何点も買う。

その晩は、大好きな湖北町尾上の紅鮎に泊まった。湖上に浮かぶがごときロビーで、女将の山本愉希江さんの淹れてくれる珈琲をたのしみに早起きする。白鷺や青鷺が翼を休める湖上を秋燕がとび交い、かわせみが突っ切る。「またまたお目にかかれました」。柊車夫人も紅鮎のファンであるらしい。再会の再会。

友人が迎えにきてくれる。九時始発の船で竹生島に渡った。西国の観音札所巡礼は八年あまりで五十代に満行できた。国宝の三十番宝厳寺観音堂はとりわけ懐かしい。湖風の吹抜ける船廊下を踏みわたるとき、行をともにした亡き句友たちの声を聴く。

長浜始発姫路行快速でわずか一時間。ごった返す京都駅。「杏子さーん」と呼びとめられ、未知の女性たちと記念撮影。四国から大文字送り火吟行にやってきたパワフルな一団。

五時、嵯峨野寂庵別邸着。先生は中国行でご不在だが、眼と鼻の先の曼荼羅山に点火される鳥居形の送り火をここで拝するのだ。留守を守る春美さんがごちそうを詰め合わせてくださった松花堂。おつまみ、果物いろいろ。浄法寺町地ビールのきりきり冷えた瓶も卓に並ぶ。

点火は午後八時二十分。火床百八、鳥居の笠貫七十メートル、左右の脚八十メートル。ＮＨＫの特番で、鳥居形送り火のレポーターをつとめたとき知り合った、旧嵯峨野村送り火保存会の青年たちが、いま懸命に山の斜面で準備点検にとり組んでいる。黒ずくめの彼らの声が風に乗ってとんでくる。

いよいよ八時。私は正座して、この一年のうちにこの世を発った先達、句友の名前を、用意してきた白紙に墨で清書してゆく。

詣

九時二十五分発の高速艇で、高松港を出る。なんと三十分で小豆島土庄港着。ペパーミント色の作務衣を朝風になびかせて青年僧がお迎えくださる。本覚寺ご住職横山覚尚さん。島四国のことを知りたかったので、まず、小豆島八十八か所、六十番柳の江洞窟に行く。海蝕洞穴のお堂に大弁財天が祀られている。覚尚さんの唱える心経が洞窟いっぱいに響き渡る。

つぎに覚尚さんの五十三番渕崎の本覚寺、五大力不動にお詣りする。鈴を鳴らして白衣のお遍路さんがやってくる。荻原井泉水夫妻、井上一二などの句碑を巡り、井泉水の四季の句を鋳造した梵鐘を聴く。

お昼前、尾崎放哉記念館を訪ねる。「障子あけておく　海も暮れ切る　放哉」作家吉村昭氏の筆蹟が瓦葺きの門碑に大書された五十八番土庄西光寺奥の院南郷庵。即ち尾崎放哉がその終末の刻を過ごし、四十二年間の生を了えた空間が立派に復元されている。今日は、この南郷庵に一時間でも二時間でも、何もせず、ただぼんやりと座らせてもらえたら、そんなことを希ってきたのだけれど、教育長はじめ、「放哉・南郷庵友の会」の皆さんが大勢お待ちくださっていて恐縮する。

放哉は幸せだと思った。展示資料はたっぷりとあり、代々の地元の人々に手厚く祀られ、語り継がれている。おひとりおひとりと話をしてゆくと、そのことがよく分かって、心が満たされてゆく。

入れものが無い両手で受ける
月夜の葦が折れとる
墓のうらに廻る
咳をしても一人
枯枝ほきほき折るによし

私は放哉の研究家ではない。ただ放哉の句が好きで、常にその作品が胸中にある。私の追求しているのは有季定型の句だが、自由律の放哉も芭蕉と同じく大先達なのである。この春（二〇〇二年）、『放哉全集』全三巻が筑摩書房から出て完結を見たが、私もその栞に短文を書いた。その縁で見目誠という若き放哉研究者の存在を知り、彼らの立ち上げた「放哉学会」の紀要「放哉研究」を手にする機会にも恵まれた。放哉がこの世を発ったのは四十二歳。私はその年齢に達したとき、世の中にひっぱり出され、以来俳壇という世間の一隅で暮らしてきた。定年まで広告会社に籍があり、ごく平凡な暮らしを続けつつ、日本中を歩き廻ってきた。そんな私にとっても放哉は、実に共感度の高い作家なのである。この日、墓に詣らなかったのは、真冬にもう一度ひとりで来る決心をしたためだ。

早くも紅葉のはじまっている山上の札所、十八番神懸山石門洞にもお詣りができた。すっかりなつかしい場所となってしまった小豆島を五時に出港した。

生

二条城の門をくぐると、晩秋の夕闇がひろがっていた。壮麗な甍の上に六日月。その土間で靴を脱ぎ、板の間に敷きつめられた座布団に座る。世界遺産・元離宮二条城築城四百年記念プレイベント。六日間にわたる「二条城国際音楽祭　台所コンサート」のオープニング。広大な台所である。舞台を囲んで三百近い座席。巨大な梁が何本もうねって頭上を貫く。その上空にも無数の櫓の木組が浮かぶ。午後七時。この催しの芸術監督ツトム・ヤマシタ氏登場。千三百五十万年前の石「サヌカイト」をさまざまな形状に加工した最広域の音源をもつ、世界最古の楽器に真向かう。横笛の赤尾三千子、尺八の三好芫山、天台声明の中山玄晋、ドラムの菅沼孝三も登場、それぞれの音を古城の台所空間に拡げてゆく。CDはくり返し聴いてきたが、この夜、私は生まれてはじめてサヌカイト・マルチパーカッション奏者ツトム・ヤマシタの、この世に贈りだす無限の音の波動にたっぷりとじかにつつみこまれてゆく時間を生きていた。

翌朝は京博を観て、午後、伊丹から仙台空港へ。ぐっすり眠って九時、迎えの車で多賀城市の東北歴史博物館にゆく。十月十三日（日）、快晴。恒例のBSⅡ「列島縦断俳句スペシャル」。四元生中継の番組で、地元の俳人柏原眠雨、高野ムツオさんと選者を担当。ぞくぞく俳人たちが集う。

午前十一時本番スタート、午後四時放送終了の長丁場。国府多賀城趾会場の席題は「鳥渡る」。六百句あまりの投句の中から、私達は「雲上の鬼房が見る渡り鳥」を特選とする。

俳人佐藤鬼房氏は今年の一月十九日、長途の俳句人生を閉じられた。昨秋は飛来した白鳥に餌を与えるよう娘に命じた。その娘、長女の山田美穂さんが面会にきてくれたので、彼女の車で、塩竃霊苑の夕日に染まる佐藤家の墓に詣る。泉洞院槐安彭居士　喜太郎年八十四歳。

帰りの新幹線を終車ときめ、近くの故鬼房邸にゆく。初対面の未亡人は仰天されたが、喜ばれ、話が尽きない。先生は夫人を「奈良岡朋子に似てるのよ」とご自慢だった。その奈良岡さん八十歳は、この七月、猛暑をついて、ひとり団体バスに乗りこみ、恐山の大祭に日帰り行。イタコの口から「立派なお別れ会をありがとう。俺も頑張ったよ」との亡夫の言葉を聴くことができた。

貧乏を物ともせず、姑に仕え、病弱な俳人に尽くしぬくことを生き甲斐とし、ことあるごとに、深夜、ひとり二百二段の磴を駈け昇っては塩竃さんの宝前に額ずき、敬愛してやまぬ夫への加護を念じ祈り続けてきた。ダンディな晩年の鬼房氏のあの純白の長髪も、すべて奈良岡さんの心をこめた鋏で整えられていたことを知らされた。

Ⅲ　季語の記憶

山桜

山又山山桜又山山桜　阿波野青畝

山桜が好きだ。疎開をして、子ども時代を那須の山村で暮らしたからであろう。

三十年もの大昔、三十歳を前にして私はある夜、大学ノートの表紙に「日本列島桜花巡礼」と書いて、涙ぐんでいた。二、三十年をかければ、縦に細長いこの日本列島の見るべき桜、出会うべき桜に勤めを持つ身であっても、完全巡礼が可能なのではないか。毎年花ひらく桜を訪ねる旅をひとりで重ねてゆけば、俳句作者をこころざす私の発心が崩れずに持続できるのではないかと考えた末の計画だった。

休暇を得て、列車の窓際に座る。名も知らぬ山々が続けば、必ず山桜がその中にあって、点在するその白い花の木を私は飽かず眺めていた。また、空中を真横に流れるその無数の花びらに出会って、どれほど私は慰めと励ましを得たことか。山桜は優しかった。

春の月

紺絣春月重く出でしかな　　　飯田龍太

春月、春の月とつぶやけば、清爽なる秋の月とは別の、まどかに大きな月がこころに昇ってくる。朧であることが懐かしいこの月と紺絣。子どものように手を合わせたくなる句だ。絣という布地に親しみと興味を覚えたのは、絣の柄に囲まれていた小学生のころ。夜具、野良着、座布団、もちろん着物にも、この柄がいきいきと所を得ていた時代。

大学を卒業するころ、東京の生活の場面から消えかかっていた絣を、私は旅先の骨董屋で見つけた。弓浜絣・倉吉絣・琉球絣・伊予絣……。手つむぎ手織の古裂を手に入れては、柳行李にためてゆく。使いこまれ、洗いざらした藍の布は古いものほど美しく、手にとるだけでこころが満たされた。すり切れそうになってなお魂を揺さぶるこの古裂をいつか私は働くこの身にまといたいと考えはじめた。

遍路

かなしみはしんじつ白し夕遍路　　　野見山朱鳥

大和の古寺巡礼、芭蕉の「おくのほそ道」をたどる旅、日本列島桜花巡礼など、大学生のころから、巡る旅に魅かれて歩きつづけてきた。遍路は春の季語。それゆえに他の季節のそれは、梅雨遍路とか秋遍路また冬遍路と呼ばれるという知識だけは持っていた。その季語の現場、四国八十八か所を巡礼する遍路吟行をようやく開始できたとき、私の五十代は尽き果てようとしていた。

お四国三百六十里、千四百キロの旅路の一端にこの身を置いてみて、はじめて「おへんろさん」の白装束といういでたちの謎が解けてきた。それは晴着であり、非日常の装い。純白の死装束はつまり、日常への回帰と死を越えての蘇りを目指すのだ。生と死への往還をはらむ遍路行の時間と空間はひろやかで、無限の深さをたたえているように思える。

日永

永き日のにはとり柵を越えにけり　　芝不器男

不器男は昭和五年に二十六歳でこの世を発った夭逝の天才俳人。

昔、乾季の南インドの村落などを巡り歩いていた。ヨガ道場の崩れかけた土塀の高みから、大きな白孔雀がばさりと舞い降りてくる。驚いた瞬間、この句が胸の底から顕ち上がってきた日のことを思い出す。

永き日、日永しなどとも使われる日永は、短夜の夏、夜長の秋、短日の冬に対応する春の季語。一年でもっとも日中が長いのは夏至だが、冬の去ったのち、めっきり昼が長くなり、のどかに感じられる気分もこの言葉には含まれている。そんな気分も時間の感覚も年代によってかなり異なる。この作家の二倍以上も長く生かされてきたいま、インドを旅していたころには感じとれなかった慰めと魂鎮め、その力を私はこの句から授けられる心地がする。

牡丹

ぼうたんの百のゆるるは湯のやうに　森澄雄

若いころ、牡丹の存在感になじめなかった。速水御舟の描いた黒牡丹や蕪村の詠んだ句の世界には魅かれたが、自分の庭に植えたいとは思わなかった。大和の長谷寺、当麻寺の見事な牡丹に幾度となく出会ったが、句が作れたためしがなかった。

みちのく福島の須賀川には広大な牡丹園がある。そこでの俳句大会に招かれた折、白王獅子という牡丹の苗をいただいた。二度目に招かれたときには、日の出前に入園を許され、暁けてくる牡丹園に身を置いた。夜露をとどめ深睡りの渕に沈んでいた数万の巨花が太陽に向かって身をほどきはじめる。その気に圧倒されて寒さを忘れてゆく。牡丹のつぶやきにとりかこまれて、こよなく牡丹が親しいものに思えてきた。牡丹は花の富貴、百花の王である。

新茶

大事また過ぎやすかりし新茶汲む　皆吉爽雨

緑茶党だが、その味が分かるようになったのは世の中に出て、人生がすこし分かりかけてきたころだ。母方の祖母の家に寄宿していた高校時代には全く分かっていなかった。

私がひとりの朝食の膳に向かっていると、頃合いをみて、祖母はていねいにお茶を淹れてくれる。「どうぞ」とすすめられると、大人になった気分で畏まった。鉄瓶や薬缶で沸かした水もよかったころ。座布団に正座して、縁側で祖母も湯呑を手につつむ。五月の朝の青い空を見上げて「新茶はおいしいね」と。そしてよく言ったものだ。「柿の若葉はぴかぴかしてる。あの葉っぱにはビタミンがいっぱい含まれているからね。学校から帰ってきたら、十分間でもいいのよ。そばに行って、木に倚りかかって、本でも読んでてごらん。丈夫になるからね。やってごらんよ」

更衣

世の憂さのまとふ衣を更へにけり　富安風生

更衣と書いて、ころもがえと読むことを知ったころから、歳時記は生活事典でもあると実感するようになった。

その昔は宮中とか民間という区別の上に、更衣のしきたりがいろいろあったようだ。

冬より夏へと時節の衣服に更えるということが、平凡な暮らしをどれほど活気づけてくれることか。沈みこんだ気持ちも引き立てられ、新鮮な気分に転換できるきっかけを与えてくれるこの慣わしが年ごとにありがたいことに思えてくる。

四十代のはじめに、いまは亡き大塚末子といううきもの研究家にめぐり合い、木綿以前の日本の衣の材質、麻、からむし、科布、太布、芭蕉布などの植物繊維に身をつつまれる術を授けられた。更衣とは植物のもつ霊力を肌えに享受する至福の刻でもあることを教えられた。

早苗

白鷺に早苗ひとすぢづつ青し　　長谷川素逝

苗代から本田へ移し植えるころの稲の苗が早苗である。田植機による機械化が普及した現在、五十年以上も昔の、それもわずか数回の田植体験をもつにすぎない小学低学年の疎開児童の記憶をもとに、何か言ったり、書いたりするのは、もうつつしむべきことかもしれない。しかし、私はこの身に刷りこまれた、水田を見廻ること、早苗を眺めること、植田を見はるかすよろこびというものを今も捨て去ることができない。

国内外、どこの土地の田んぼであれ、青々としたその光景に接すると、頭の芯までサーッと霽れてくる。日本の新幹線は速度を増す一方で、この眼のよろこびは十全とはいえないが、いつも私は窓側の席を予約する。白鷺はまことさみどりの田に映える風姿の野鳥。近ごろとみに数がふえてきている。

ほととぎす

村人に微笑仏ありほととぎす　　秋元不死男

熟年に入ってから、俳句をつくりはじめた人たちがよく言われる。草木の花の名前、野鳥の名前、秋の虫の名前は覚えられても、実際にそれぞれの花を識別したり、鳥や虫の声を聴きわけることができない。それが口惜しいと。

幸せなことに、ほととぎすの声を私は小学生になった年に覚えた。終戦の年、南那須の村では、六月に入っても梅雨寒の囲炉裏に火が焚かれていた。茅ぶきの屋根の村の空を昼も夜も啼き渡る。昼間よりもその声はまっくらな闇や暁方の空気に似合っていた。

夏鶯の玲瓏たる声よりも、私はこの世とあの世を自由に行き交っているような暗さをたたえたその声になぜか親近感を覚えていた。

山梨県の丸畑には木喰上人作の木彫仏が数多く遺されている。そこで私は小ぶりなこの親しみぶかい句碑に出会った。

卯の花

卯の花や家をめぐれば小さき橋　泉鏡花

こんな句に出会うと、鏡花という人がとても身近に思えてくる。ある年齢以上の人には、そう、そうなんだと心の底の方から、ゆっくり浮かび上がってくる情景ではないかと思う。小さき橋が架かっているその流れも、ささやかなものだと了解される。

卯の花の咲くころ、長靴をはき、傘をさして放課後の友だちの家に行ったり、おつかいを頼まれて、近所の店まで出かけてゆくことは愉しかった。卯の花にも種類があるが、私は梅花うつぎと呼ばれる白色五弁のくっきりとひらく大ぶりの花をとりわけ好む。

洛北大原、三千院のほとりの呂川。その岸辺にこの清楚な花を何度か見かけている。雨音とともに純白の花びらが坂道に沿うせせらぎに散りこむ。古寺巡礼の時間は時を経るごとに、心の中に鮮度を増してくる。

蛍

この闇のあな柔かに蛍かな　　高浜虚子

蛍の記憶はいろいろある。嵯峨鳥居本の平野屋で、若鮎を堪能したのち、寂聴先生に連れて行っていただいた清滝川の蛍火。青楓に乱舞する構図が忘れられない。四万十川の河口で乗せてもらった船辰の小さな屋形舟。灯を消すと小舟はまるごと蛍ふぶきにつつみこまれていた。

イタリアでも六月の下旬に出会った。トスカーナ州アレッツォの郊外。画家の堀文子先生のアトリエでもあった建物に、一晩だけひとりで泊めていただいた。夜更けに芝生の上を点滅している蛍に気づき、中庭を抜け、畑に出る。青葡萄を照らす蛍火は静謐で、この世のものとも思えない。点在する糸杉の丘。はるかかなたをゆく長い列車の窓の灯がひどく懐かしいものに思えた。今年は九十を越えてなお句作を続けている母と蛍を見たいと思う。

青梅

青梅の地を真っ直ぐに打ちし音　　　右城暮石

青という文字のついた果実は季語の中で印象的なものが多い。青柿・青柚・青胡桃・青葡萄……。いずれも鮮烈な存在感と独特の美しさがある。

青梅の青さはとびきりのもので、青葉の蔭に太りはじめてくるときのたたずまいは、生命感にあふれ、木のそばに佇つうちに、眼と心が洗いあげられてゆく心地がする。

画家の小川マリさんは九十八歳。東京女子大キャンパスのほとりにアトリエがある。月に一度のこの母校での白塔句会の帰りに、私はしばしばお訪ねしている。春陽会の最長老でいらっしゃるマリさんの作品はいよいよ色彩に深みと透明度が増し、柔らかな人間性が構図を華やかなものにしている。庭の豊後梅が大きな実をつける。今年も持ちきれないほどの青梅をもいだり、拾ったりしていただいてきて蜂蜜漬にした。

梅雨

身のまはり梅雨たゞ梅雨のあるばかり　　　相馬遷子

雨の音を聴くのは愉しい。好きな傘を選んで、雨を受けてゆきながら、その音を聴きわける時間が好きだ。

梅雨に入っても、なかなか雨が降らない。そんなとき、私はひそかに、心の軒に雨々坊主を吊るして雨音を待つ。

傘をさして歩く。単純にその愉しみが満喫できるのはポストまでの往復。ポストまでゆきたいばかりに、私は何通も手紙や葉書をしたためる。

散歩だから、十回くらいはゆく。集配時間は限られていることくらい知っているが、出かけてゆくたびに、傘を打つ雨音は微妙に異なる。青梅雨とも言うように、雨に濡れる草木、花々は千変万化。吹き降りの日の趣も捨てがたいと思う。

昔、早起きの父が縁側で、かたわらに朝刊をたたみ、古浴衣でよく雨を眺めていた。八十八の最期の日まで眼と耳のいい人だった。

日盛

日盛りに蝶のふれ合ふ音すなり　　松瀬青々

日盛ということばを覚えたのはまだ幼いころだった。大人たちがいきいきと使っているのを聴きとめ、耳に残ったその響きに親しみを覚えていた。それも、私が八月の生まれで、気温は高いほど調子の出る人間だったからであろう。だったと過去形になるのは、年とともに炎ゆる夏に限らず、春秋のおだやかな日射しも好もしく思うように変わってきているためである。

大学四年の夏、セツルメントの学生として、仲間と北九州の三井三池炭鉱にゆき、炭鉱住宅に暮らした。起床・消灯・食事・入浴すべて時間を守る集団生活。人民解放区的規律という貴重な体験を授かったひと夏。

大牟田まで出かけたある日、灼けた道をはたはたとくる蝶の影とすれ違う。反射的に大声でこの句を叫んでいる私がそこに居た。

祇園会

鉾の稚児帝のごとく抱かれけり　　古舘曹人

嵯峨野寂庵での句会が始まり、毎月一度京都に行くようになって、もう十五年にもなる。祇園祭の七月の句座には、例年全国各地からの参加者がどっと増える。十六日は宵山で、鉾町は灯の海となる。

若いころから、この晩の雑踏にまぎれたく、祇園囃が聴きたくて、幾度となく京都に通ってきた。

ある年、早朝の鉾町を巡って、山鉾が組み立てられてゆく手順を一部始終つぶさに見学した。

宵山や十七日の巡行の折の、あの絢爛豪華な鉾しか知らなかった旅の者にとって、それは目から鱗の落ちる場面、懸装品はおろか、いっさいの飾りというものをまとう以前の裸の鉾の骨組みは、すべて歳月にさらされた素木。長老の指揮に従う町衆の手で、壮麗な山鉾と化してゆく時間は千年の都のすがたそのものなのであった。

羅

羅をゆるやかに着て崩れざる　松本たかし

羅という文字を覚えたとき、山村に暮らす小学生であった私は、蟬の羽のように、薄くて軽い着物という解説にいたく感心して、庭木にとまっている蟬や、土に落ちている蟬をよく眺めるようになった。とくに殻を脱いだばかりの蟬の羽は、「薄し」「衣」「ひとえ」などにかかる枕詞だと実感できた。それから何年経ったか、上京して、大学で能楽研究会に入り、ひとりで新宿・大曲の観世会館に行った。都電で行った記憶のあるとても暑い日だった。前の席の年輩の女性がまとっていたのは紗。重なり合うと濃むらさきともみえる羅の気品に見とれた。銀髪のどこか闊達でもあるその人の立居振舞をいつまでも眺めていたかった。紗・絽・明石・透綾……。みな薄絹の単衣。文字だけを眺めていても涼やかになってくる。

蟬

聞くうちに蟬は頭蓋の内に居る　篠原梵

その島の名は四国香川県の伊吹島。船でゆくほかはない。日本一見事な煮干の産地であり、今もなお雅やかな古語を伝える島で、言語学者や学生、研究者が訪れるところ。

ある年、七月半ばの晴れ渡った日。お昼前に上陸した私たちは、島に住む古くからの俳句仲間の案内に従って歩きだした。煮干製造所を皮切りに、神社、漁協、博物館と辿る道はすべて登り坂だ。家ごとに石垣が築かれていて、島全体が乾ききった石の集合体のよう。神社の近くに木造の立派な芝居小屋が残っていたが羽目板も鉄板のように灼けていた。

大きな蝶がゆらゆらと過ぎたあと、弾丸のごとくよぎった蟬がどこかで啼きはじめた。たった一匹のその蟬の声に島中の石という石が反響する。私の身体は立ったまま、離島の蟬しぐれの中に溶けだしてゆく。

花火

ねむりても旅の花火の胸にひらく　　大野林火

日本は花火列島だ。沖縄から北海道まで、至るところで花火大会が催される。あらためて自分の体験した花火大会の土地を数えあげてゆくと、かなりの数になる。東京で長く働いてきたので、隅田川花火大会を筆頭に、関東甲信越そして東北各地で眺めた花火の印象が強いようだ。

この句、花火の夜にはいつも胸に浮かんでくる。制作年代を調べると昭和二十二年。旅行といっても、各自が米を持参して移動した時代。

前年、昭和二十一年の一月に俳誌「濱」を創刊した林火四十三歳の作品である。

旅先でゆくりなくも出会った戦後まだ間もない時期の揚花火の色。平和のよさを強く感じ、心のたかぶりを抑えがたかったなどと記される自註を読むと、抒情性の濃い、このみずみずしい秀句がいっそう心に深く沁みてくる。

灼くる

ただ灼けて玄奘の道つづきけり　松崎鉄之介

昭和二十年八月十五日、家の中で大人たちはラジオを囲んで座っていた。私は灼けて森閑とした村の往還に出て、ひとりで乾いた風の中をあてもなく歩きだした。人影もないその一本道はひたすらに白く、空に連なるまで続いているように思えた。この句の作者松崎鉄之介団長に率いられ、八月十日に北京をたち、シルクロードのウルムチとトルファンに行ったことがある。灼くる、炎ゆるという日本語の文字が全身の細胞のひとつひとつに沁みこむようにはっきりと了解された。ゴビ灘の一角に木の立札があった。玄奘三蔵がここを折れて進んで行ったという矢印がペンキで書かれていた。かがんで、しなびた草を引くと、鉄の破片のようなものが走る。灼けた砂漠を逃げまどう灼けきった小さな黒い虫の眼が光っていた。

朝顔

朝顔の紺の彼方の月日かな　石田波郷

朝顔にもいろいろな色がある。東京入谷をはじめ、各地の朝顔市に足を運んできた。入谷の鬼子母神では、朝顔守を享けると切火を切ってくださる。カチと切りだされた火の粉が舞う瞬間、やっぱり紺朝顔が似合う。どういう訳か、子どものころから紺、藍、縹などの朝顔が好きだ。暁けてくる空の色と空気にどれもよく似合うのだ。

ごく最近、大山の麓、鳥取県日野郡日南町に住む手芸家三森文子さんにいただいた大きな円型の卓布。洗いざらした手織木綿の藍染の古布の濃淡を生かし、見事にはぎ合わせたもの。ためらわず「朝顔のマット」と名付けた。

とり出して展げてみるだけで、こころが晴れてくる。代々の女性たちが手で紡ぎ、織っては染め上げた藍木綿。その色調と風合はお互いの存在を限りなく引き立て合う。

端居

端居してただ居る父の恐ろしき　　高野素十

山本健吉『基本季語五〇〇選』「端居」の解説に、夏の夕方など、涼味を求めて縁端に出て、くつろいでいること、とある。近ごろ、この縁端という日本語を堪能できるような住居に憧れるこころが強まってきた。昔ながらの木造の日本家屋に住んでいる知人や、友人の数も、気がつくと減ってきているが、地方にはまだまだ多い。羨ましいと思う。

父は東京で開業していたが、本郷の家が空襲で焼け落ちると、無一物で郷里の栃木県に帰った。町医者として惜しみなく働き、八十八歳の秋の日、自宅で家族に見守られて息を引きとった。

五人の子どもを東京の大学に進学させたほかに、何の贅沢も望まなかったが、噴井のほとりに端居をしては夕蟬を聴き、草木の風と鳴きいずる虫の音に眼を閉じていた晩年があった。

茄子

採る茄子の手籠にきゆァとなきにけり　飯田蛇笏

瓜、南瓜、蕪、芋、人参、どれも面白いかたちである。とりわけ茄子は採り立てだと、紫紺色のへたも実もつややかで見あきることがない。上手に上がった漬茄子の色と香りを、ふだんの食卓で満喫する習慣はすばらしい。

あるとき、俳句に詠み込んだ卓袱台という文字が読めないと言われ、何のことかと質問された。延々と説明をして、分かりましたとその青年はほほえんでくれたが、家族で囲んだ卓袱台のまん中に漬物鉢があり、盛り合わせのその主役が、目もさめるばかりの茄子の紺だった朝の茶の間、その畳の感触や、軒端をゆく初秋の雲の流れまでは実感してもらえなかっただろう。

この句の世界、もぎたての茄子が籠の内に触れ合って立てるこの妙音、弾けるような鮮度の茄子の光と手ざわりは伝わるのだろうか。

花野

満目の花野ゆき花すこし摘む　能村登四郎

嵯峨野の寂庵で開かれる寂聴先生命名の「あんず句会」通いも十四年になる。東京で働き、月一度必ず京都にゆく機会が与えられてきた四十代後半からの人生を、とてもありがたいと思う。

市内から寂庵に向かうコースは幾通りもある。天龍寺から竹林を抜け、常寂光寺、落柿舎、去来の墓を拝んでゆく道。愛宕一の鳥居前あゆの平野屋まで車でゆき、歩いて仙翁町、化野念仏寺前の古道を戻るゆき方。山越の桜守佐野藤右衛門さんの庭石で一服、広沢の池を巡って大覚寺経由という道もある。ちょっと通りをはずれると、印象深い花野に出会える。花野風に庭をしつらえている家も多い。

吾亦紅や女郎花、藤袴、反魂草、桔梗、秋明菊などに芒や刈萱、紅白のしだれ萩をあしらう。繚乱の花野にかくれ棲む趣きなども心憎い。

虫

鳴く虫のただしく置ける間なりけり　久保田万太郎

虫の声・虫の音・虫すだく・虫時雨・虫籠・虫売・虫合わせ・虫聞など、この季語の傍題は多い。秋鳴く虫には、蟋蟀、鈴虫、松虫、邯鄲、草雲雀、鉦叩などのコロオギ科と、螽斯、馬追、轡虫などのキリギリス科のものがある。

それぞれに趣きがあって、どの虫の音がいいとは決めがたいが、鉦叩の声が私はいちばん好きだ。チンチンと澄んだ硬質のその音が聞こえてくると、昼でも夜でも、暁方でも耳をすます。鉦叩に耳を傾けてゆくその時間こそ至福の刻だ。

久保田万太郎は劇作家。戯曲でも間というものをとりわけ大切にされたようだ。季語を厳密に使い、切字の効果を最大限に生かした十七音字の世界にこの作者の美意識が凝縮している。東京本郷、赤門前の喜福寺に先生の墓がある。そのほとりにも鉦叩の声が響いていた。

月

ほつと月がある東京に来てゐる　種田山頭火

今年の十五夜は九月二十四日（一九九九年）。昨年の仲秋の名月は、太陰暦で、「うるう月」が入ったため、十月五日と例年よりかなり遅かったが、大和西の京、唐招提寺の讃仏観月会に参ずることができた。

あの晩の月の明るさ、かなしいまでの月光のゆたかさは忘れられない。今年は、芭蕉も訪ねた出羽の立石寺のほとり、山寺風雅の国で名月を仰ぐ。昨年同様、結社の仲間とのお月見句会が予定されていて愉しみである。

山頭火の句で、久しく東京で名月を祀っていないことに気づいた。この八年あまり、毎月一度、廣重の「江戸名所百景」を歩く吟行会を重ねてきて、東京の魅力を再発見した。隅田川の水量と四季折々の月はお互いを引き立て合う。今年の後の月、十三夜は世界都市東京で仰ぎたい。その候補地はいくつもある。

新米

新米の粒々青味わたたりけり　　福永耕二

新米（コシヒカリ）が本日農協にて初出荷受けとなりました。私たちのグループは有機質米、減農薬米を生産することに挑戦しております。見たところ、最良米には見えないかもしれませんが、美味しく安心して食べられる米です。もしも、昨年ほど旨くないと申し訳ありませんので、少しだけ送らせていただきます。ご賞味いただければ幸甚に存じます。

このような手紙とともに、茨城県新治郡八郷町小倉に住む句友、植木緑愁さんから早々と新米が届いた。さっそく炊き上げて、そのひかりと香り、ふくよかな甘みに合掌する。丹精された今年米におかずは何も要らない。日に焼けてきびきびと精悍な緑愁さんのしなやかな身のこなし、ダンディな笑顔が目に浮かぶ。

とりわけ暑さのきびしかったこの夏。田んぼの作業に頭が下がる。

葡萄

葡　萄　一　粒　一　粒　の　弾　力　と　雲　　富沢赤黄男

赤黄男の代表句といえば、「蝶墜ちて大音響の結氷期」があまりにも有名。しかし、葡萄の季節がめぐってくると、私の胸に湧いてくるのはこの一行。とりわけ、近ごろの大粒で見事な葡萄の房を洗ったり、器に盛るような折に、口ずさみたくなる一句だ。末尾にぽんと置かれた雲の一字が効果的で、ここから記憶の回路が動きだす。

天山山脈をのぞむシルクロードの旅で、オアシスの町トルファンを訪ねた。気温五十度という熱砂の季節。石造りの建物の内部はひんやりとして、天日を覆う葡萄棚の緑蔭も信じられない涼しさ。摘みとった房を入れる蔓籠がいい形で見とれた。夜が来ると、満天の星座の下、うすものの民族衣装に身をつつんだ美少女たちが、裳裾をひるがえして唄い、かつ舞う。胡弓の音が忘れられない。

紅葉

紅葉せり何もなき地の一樹にて　　平畑静塔

芭蕉の句碑を訪ねて、「おくのほそ道」三百年にちなむ雑誌「太陽」の特集企画で一九八八年の秋、全行程二千四百キロを車で辿った。

月山山頂の句碑は八合目から歩いて登らねば逢えない。五十歳になったばかりであった私の脚力は、三十代の編集者、四十代のカメラマンにも伍してゆくことができた。

山仕舞直前、山頂附近の草木は紅葉を尽くしていて、血の海をゆく心地がした。渦を巻いては霽れてゆく濃い山霧の音を全身で享けとめつつ、ガレ場を進んでいった。

今年、私は仲秋十六夜の月を、羽黒山全国俳句大会の選者として、懐かしい羽黒山斎館で仰いだ。さらに吉住登志喜権禰宜を先達として、湯殿山参籠所、月山御田原参籠所と巡りつつ、夜々の月を仰ぎ、山岳霊場に迫る紅葉のすさまじい山気につつまれて過ごした。

秋深し

深秋やもとめて老のひとり旅　　村松蒼石

秋闌ともなれば、寂しさも日ごとに深まってくる。この季節感には、かなり幼いころから親しみ、なじんできたような気がする。大人ぶった顔をして、芭蕉の「秋深き隣は何をする人ぞ」の句をくちずさんでみたりしていた。

蒼石のこの句に、歳時記で出会ったのはかなり昔だ。そのころにもよく旅はしていたが、がむしゃらに働いていた時代、さほど共感を覚えた記憶がない。現在は違う。あまたの例句の中で、この一行に強くひかれる。深秋とひとり旅のとり合わせだけなら心は震えない。もとめて老の、この中七に私はいま瞑目して深々と手を合わす。明治生まれの男性俳人の精神力。気骨と品格のにじむ七音字に嘆息する。俳句は世界一短い詩型。だからこそ、無限大の心と魂の容れ物たり得るということを実感するのである。

秋刀魚

荒海の秋刀魚を焼けば火も荒ぶ　相生垣瓜人

このごろ、秋刀魚がいっそう好きになった。昭和三十年代、杉並区高円寺に一軒家を借りて、兄と妹と学生生活を送っていた。盛大に大根をおろしては秋刀魚をよく食べた。結婚して公団住宅に住んだころも、焼くたび煙につつまれて、小さな換気扇を必死で廻していた。庭付きの家で、気兼ねなく炭を熾し、焦らずこんがりと焼き上げてみたいと思いながら。

近ごろは、魚を焼くそのことが愉しい。時間と空間にゆとりが生まれると、気持ちも和んでくる。便利な道具も出現して苦労もなく上手に焼ける。庭の柚子が色づく前に、徳島のすだち、大分のかぼすとしぼりかけるものも十分にある。

和歌山県太地の仲間の家で句会をしたとき、古伊万里の大皿に波打つかたちに盛られた秋刀魚ずしが運ばれてきた。その美しさ。しばらく声が出なかった。

帰り花

薄日とは美しきもの帰り花　　後藤夜半

帰り花という日本語を知ったのは中学一年のころ。しかし、帰り花をしみじみと眺めるようになったのは句作の道に立ち戻った三十歳以降だ。

俳句から遠ざかっていた二十代にも、東京のあちこちで帰り花には出会っていた。躑躅の白い花などを公園や官庁街、駅の植え込みなどでしばしば見かけた。不思議なもので、文字どおり見かけたというだけで、すぐ忘れてしまった。俳句のある暮らしが再開すると、見るもの、聞くもの、すべてに深くかかわりたい気分になって、例えば、タクシーの窓からちらと見た桜の帰り花を、もういちどよく眺めてみようと仕事もそこそこにして駆け戻ったりする。

小春日の時間の中で、二度咲きの花に逢う。忘れ花という呼び名も好きだ。薄日もいいが、曇り日の帰り花もまたシックだ。

雑炊

雑炊や猫に孤独といふものなし　　西東三鬼

雑炊はたのしい。新米の季節にはたびたび作って、とびきりのお米のおいしさに感激する。雑炊が季語として扱われるようになったのは、それほど昔のことではないという。江戸時代には雑炊という呼び名はあっても、季語としてはとり上げられていなかったようだ。三鬼のこの句、雑炊ときけば反射的に浮かんでくる好きな句だけれど、私は猫を飼ったことがない。鑑賞や立ち入った批評は遠慮しよう。

ところで、近年のわが家の雑炊ベスト三は①もずく雑炊　②牡蠣雑炊　③葱雑炊。

もずくは新潟の出雲崎町尼瀬の漁師斎藤房太郎翁が自ら採って送ってくださるものが絶品。塩蔵で無添加。常温で保存、必要なだけ塩抜きをしていただく。繊細きわまりないのどごし。いただけば夢見心地に、この世の孤独も忘れ、もろもろの約束も忘れてゆく。

小春日

小 春 日 や 青 き 蝗 の 生 き 残 り　　沢木欣一

立冬を過ぎると、冬に立ち向かう心も定まってしまう。

十一月から十二月にかけて、思いがけないごほうびのように恵まれる日々。風もなく晴れわたるやさしさ、ゆたかさこそ小春日、小六月だ。春ののどかさとは違う。冬の厳しさを受けいれようと心に決めた者に注がれる日の光。慈愛、いや慈悲かもしれない。

東京の小春は、富士もよく見える。隅田川もまぶしい。都鳥も鴨も波に揺れて遊ぶ。私の小春日。楽しみは木綿を着ること。手紡ぎ手織の藍木綿その絣や縞。衿元や袖口に触れる古裂の風合を堪能しつつ、絹やウールのマフラーを合わせ、軽いコートかマントを羽織って、履きなれた編み上げの革靴の紐を締める。

古書店をめぐったり、美術展をはしごしたり……。ゆきつけの店で新そばをすすり、珈琲店で本をひらく。

葱

夢の世に葱を作りて寂しさよ　　永田耕衣

葱はおいしい。何よりも美しい。泥を洗って、表皮をはぎ、俎板に横たえる。朝の日の光にも、夕べの灯の明かりにもその白さが映える。

料理人の世界では、刻みもの三年と言って、長葱をちゃんと刻めるようになるには修行が必要なのだという。

プロではないが、葱を刻むときは昔もいまも気合いが入る。人生いつも浮き浮きしてはいられない。沈みこんだ気持ちを引き立てるとき、包丁をよく研いで、背すじをのばし、深呼吸をして、一気に刻みはじめる。眼と心を集中して、一本の光の棒を刻み終わると、気分が晴れている。こんなに人の気持ちとかかわってくれる葱に私は敬意を抱く。

歩けば葱に出会う。関東の張りつめた白葱に慣れた眼には、京都の九条葱の葉のみどりの深さ、細身のたおやかさが限りなく新鮮な存在に思えてくる。

凩

蝦夷の裔にて木枯をふりかぶる　　佐藤鬼房

木の葉を落とし枯木にしてしまう強い風のことである。近年、木々の葉が色づかなかったり、葉が枯れず散ることもない現象も起きている。それはともかく、この句、エネルギーに満ち、闘志あふれる人間像を想わせてくれるが、よく読むと、作者が木枯を愛し、その風のはげしさをよろこんでいる様子が感じとれる。そこに私は共感を覚える。

昔から私も木枯が好きだった。那須野が原を吹きすさぶその音にじっと聴き入る時間が好きな妙な子どもだった。稲妻も大好きだった。夜空を切り裂き、緑釉のように走り流れる稲光を眺めていると、うっとりとしてきて、この世のうさを忘れるなどとつぶやく生意気な小学生だった。

鬼房という号をもつこの俳人はみちのく塩竈市の定住者。海べりのその地名と木枯がまたよく響き合う。

蒲団

どの家も皆仕合せや干布団　　鈴木花蓑

よく日に当てられてふくらんだ蒲団のやさしさ、懐かしさ。惜しみない冬の日の恵みに手を合わせたくなる。

廣重が描いた江戸名所百景の現場を、毎月一景ずつ仲間と欠かさず吟行してきて、この五月に百景百回の満行を迎えることができた。八年あまりの歳月の中で、たびたび隅田川を遡ったり下ったりした。よく晴れた日曜日、水上バスの窓からウォーターフロントのモダンなアパートのヴェランダに並ぶ干蒲団を仰ぐと幸せな気分になった。そしてその気持ちが年とともにぐんぐん濃くなってくることに気づき、ひそかに驚いてもいた。すべての窓が幸せなどというはずはないのだけれど、その景観の裏側に、昔から好きだった長塚節の次の一首がいつも静かに鳴り響いていたことも事実だ。

日に干せば日向臭しと母のいひし衾はうれし軟かにして

炭

木曽のなぁ木曽の炭馬並び糞る　金子兜太

こんな愉快な句に出会うと、往還に落とされて湯気を立てている馬糞と、それを肥料にするため、拾って集めてゆく人のいた疎開の村の光景をまざまざとおもい出す。

近ごろは炭の効用が見直され、人気商品のようだが、私は楢、櫟、樫などを昔ながらの炭焼窯で蒸焼にする山中の現場に身を置き、炭焼という仕事をつぶさに観察できた体験を大切にしている。

冬青空がひろがる風の無い日曜日、ひとりで山道を登ってゆくうちに、私は炭焼小屋にたどりついた。頬かむりのおじさんのお弁当を分けてもらい、しゃがんで炎の色を眺めていると飽きない。日暮れに家に戻ると、一体ひとりでどこに行ったのかと騒ぎになっていた。

馬車には何度も乗ったが、背に炭をくくりつけられた炭馬というものに、私は会わずじまいだった。

行く年

逝く年のわが読む頁限りなし　山口青邨

歳時記をひらくと、行く年の傍題は、流るる年・年歩む・去ぬる年・年逝くなどとあり、いかにも時間性の濃い印象だ。年の暮ともかなり異なる。流れ去る時を惜しむ心持ちがたっぷりとこめられた主観の強い季語なのだと知る。

山口青邨という俳人に私は十八歳で出会った。四十六歳年長の師は生涯、老人というイメージに遠い人であった。

外出は背広、日本家屋の自宅では和服。古稀、喜寿、傘寿、卒寿と常にその年輪にふさわしい風格と風貌に支えられた一挙手一投足が時を経て、いよいよ懐かしい。科学者で文人。九十六歳でこの世を発つ日まで書物を愛した。

東京杉並区の雑草園と名付けられた自宅は没後、北上市の日本現代詩歌文学館の前庭に庭木や草花ごと移築され、みちのくの風雪にすっかりなじんでいる。

手毬

子 の 手 は 火 わ が 手 は 氷 手 毬 歌　　百合山羽公

新春の季語となっているが、手毬あそびは、もうすっかりすたれてしまっている。

終戦直後、昭和二十年代のはじめごろには、那須の山村でもゴムまりをつくことが女の子の間で大流行。「あんたがたどこさ　肥後さ　肥後どこさ　熊本さ……」などと、関東の少女たちがなぜか九州の地名を唱えつつ、寒風のなか、日暮れまで往還に出て、まりつきに熱中していた。

「つきて見よひふみよいむなやここのとを十とおさめて又はじまるを」という良寛の歌を知ったころ、まりつきのブームも終わりを告げていた。

五十代に入ったころから、ありがたいことに、私の手許には日本各地の友人から丹精こめた手かがりの手毬が送られ集まってくるようになった。そのひとつを、片づけた机の上に置く。それだけで、お正月の気分が高まってくる。

福寿草

福寿草家族のごとくかたまれり　　福田蓼汀

白砂を敷きつめた平たい鉢に寄せ植えをした福寿草はお正月の部屋に似合う。新年も十日あまり、福寿草の丈もそれぞれに伸びて、暮に買い求めたときの感じとは変わってきている。そのことも日脚伸ぶという思いを実感させてくれるようで、面白く嬉しい。

この句、若いときに出会って、ずっと私の心に棲みついている。しかし、最近、あらためて読み直してみて、家族のごとくという中七の表現に立ち止まった。昔は、家族のように身を寄せ合ってというたとえに何の疑問も抱かず、素直にこの一行を胸に納めてきた。いまの私はどうだろう。よく見ると、大きさも形も異なるこの植物がうずくまるように群をなしているそのさまを、家族のように、と書いたその作者の、これは希いでもあった。そのように読みとりたいと思う。

雪

雪に来て美事な鳥のだまり居る　　原石鼎

雪国育ちではないが、雪景色の記憶は多い方だと思う。蔵王が好きで、職場の樹氷会というスキーグループに属していたこともある。

いま、雪景色として胸に浮かぶベスト三は、①福島県奥会津、只見川沿いの桐の里三島町の民俗行事と集落のたたずまい。②山形県最上川の湊町大石田の地吹雪。③良寛ゆかりの新潟県国上山、雪の五合庵。

雪国の人の苦労も愉しみも、実際のところ、私はいまその土地の方々の投句作品の選句を通して体験しているに過ぎないが、雪景色の魅力は私をとらえてやまない。

昨年はテレビの仕事で訪ねた札幌で初雪を迎えた。十月十七日、未明から舞いだした雪片が市街地の表情を刻々と変えてゆく。北辛夷、鬼胡桃、楡、朴などの樹木がみるみる雪の木と化してゆくドラマティックな時間に立ち合えた。

探梅

探梅のいづこを行きて旅の空　　斎藤玄

探梅、梅探るは冬の季語。観梅のシーズンの前に、早咲きの花を見つけに出かけてゆくこと。と知ったときは、ちょっと得意な気分になった。季節を先取りする、季節に先がけることの実例に、素手で触れた手ごたえを感じて、さっそく、日曜日にひとりで探梅行を試みてみたりした。

梅二月というように、実際そう簡単には出会えない。それでも、立春の前に、ほんの一輪か二輪ひらいている花を見つけると、お腹の底から幸せなおもいが立ちのぼってくる。あの公園、あのお寺、あの坂道、私の探梅マップも長く生きて、あちこち巡り歩いてきた分だけ鮮明になり、心に蓄積されたファイルも全国規模の拡がりとなってきた。この身に記憶されている早咲きの梅の情景を呼び出し、心のスクリーンでゆっくり眺める。それも又愉しい。

猫の恋

恋猫の身も世もあらず啼きにけり　安住敦

猫好きの友人はかなりの数になる。猫を飼ったことのない私。このさきも縁がないだろう。比べれば犬が好きだが、こちらも飼いたいとは思わない。昔、家に犬も居たが、きょうだいの中でいちばん無関心だった子どもが私だ。

しかし、猫でも犬でも、その行動を観察することは嫌いではない。近ごろは彼らの表情をすこし離れたところから眺めていることも面白くなった。

猫の絵では、秋野不矩画伯の「花と猫」（一九五九年）が好きだ。咲きはじめた連翹の前を二匹の猫が尻尾を張って横切ってゆくところ。手前の黒猫の蒼い眼が二つ、きっとこちらを見すえている。奥のぶち猫はかなり大柄。恋の道行と思われるが、単純化された描写力で猫のキャラクターを打ち出している斬新な構図は、何度眺めても飽きない。魅力的だ。

春一番

声散って春一番の雀たち　　清水基吉

春になって最初に吹く南風。その強風はフェーン現象を伴い、災害を招くこともある。原因は日本海の低気圧。春二番、春三番、さらに春四番ぐらいまではある。

北関東で育ったので、いわゆる空っ風、乾いた北風に吹きまくられた体験は多い。若いときは、その風に真向かって、昂然と顔を上げてつき進むことに生き甲斐のようなものを感じていた。ヒューヒューと吹き荒れる風の音に、木造の寮の畳に座って耳をあずける時間も好きな高校生だった。近ごろはよく晴れて、風のない日。そんな日が何よりの贅沢と思えるようになってきた。

春一番は愉しい。何といっても太陽の光量が違う。どんなに吹き荒れても、もう春なのだ。日脚も伸びている。天上天下を走り廻る大風のどこかに、ふと花の香りを感じとることもある。

白魚

白魚火に今宵の月を淡しとも　　五十嵐播水

隅田川でも白魚がとれたのだ。その昔の佃島の白魚網の篝火は、「月もおぼろに白魚の、篝もかすむ春の宵……」と「三人吉三」大川端の場の名セリフとなってもいる。

お椀の蓋をとると、純白の細身に極小の黒点の眼。上品で淡白、早春のよろこび、これにまさるものはない。

近海魚、一、二月ごろ川に上ると聞くが、その白魚を獲る白魚舟や白魚火に出会えたのはようやく昨年のこと。みちのくの大河、北上川河口の枯れ芦原を焼きつくす壮大な芦火を見に出かけた折のことだった。

海べりの古い宿。句会ののちの宴がはじまるころ、牡丹雪になった。暁方、窓に寄ると、対岸の灯がまたたく。と見たのは白魚舟の灯。それはおぼろ夜の夢の奥の幻にも似て、ゆっくりと音もなく湾内をゆき交う寂かな火の容の群なのであった。

山焼

窓とほく更けし山火にちさくねる　　石橋辰之助

「山焼」の傍題には、焼畑つくる・山焼く・山火・野を焼く・野火・草焼く・堤焼く・丘焼く・焼山・焼野・焼原・荻の焼原などが並ぶ。

火を放つのであるから、晴天で風のない日が選ばれる。灰は肥料となるし、害虫駆除という目的もある。牛馬の飼料のよい草を育てる目的もあったが、農耕用の牛馬はこの国からほとんど姿を消した。

山火で忘れられないのは、大阿蘇を焼くそのただ中に身を置いた数日間の体験だ。阿蘇一の宮神社の火振神事を皮切りに、彼岸のころ、広大無辺の山を焼き、谷を焼きつくすその炎は夜も燃えさかる。

「季語の現場へ」を行動科学としてきた私は、有給休暇をこの時のために生かした。

宿でひとり、掲句の通りの時を過ごした。十年を経て、あの山火の色はいよいよ鮮烈になる。

鳥雲に

大正九年以来われ在り雲に鳥　　三橋敏雄

春になって、北方へ帰ってゆく渡り鳥の群がはるかな雲間に入り、いつか見えなくなる。その状態を言いとめた季語。「鳥雲に」と略して使われることが多いが、この句のように「雲に鳥」という使い方もある。

二昔も前のことになる。岡倉天心の墓を茨城県の五浦に訪ねた折、勿来関に廻った。荒東風の朝、太平洋のうねりも、空の青さもひたすらにまぶしく、快適な気温で歩くことが嬉しくなるような日。

関跡で深呼吸をする。ついでに思いきり身を反らし、三月の海辺の大気を全身にとりこもうとした。そのときである。蒼天をキラキラと動く光体が眼に入った。当時、私の視力は両眼ともに一・五はあった。隊列をなして天上をゆくその小さな小さな物体の質感は銀紙、いやジュラルミンの破片だ。

鳥帰る。句帳に書きとめて瞑目。初めて見た光景に涙があふれそうだった。あの光のかけらを肉眼で発見できる視力はいまの私にはない。しかし、出会いの記憶はいよいよ鮮明になる。三月は青空を、雲のかたちをうち仰ぐことの多い月である。

ところで、この句の作者は平成十二年現在、いよいよ壮健。新境地をきりひらきつつ八十歳の春を迎えている。十代でめぐり合った師の西東三鬼がもしこの世に在れば今年百歳。師弟の年齢差は永遠に続いてゆく。

桃の花

ふだん着でふだんの心桃の花　　細見綾子

口ずさむうちに心の奥に桃の花が咲きひろがってくる。雛の節句の花としても親しまれているが、この花の美しさを堪能できるのは桃畑の花が咲き揃うときだ。

桃畑は各地に増えている。しかし、私には古寺巡礼で若いころから歩き廻ってきた大和の桃畑、そして甲斐の桃畑の花ざかりの情景が印象深い。

ずいぶん前になる。俳人の広瀬町子さんにご案内願って、山梨県境川村の飯田家のお墓にお詣りをさせていただいた。四月半ばの、風もなくうららかな日のひるさがり。遠く近くに点在する桃畑の花霞。

墓所は畑に囲まれていた。掃ききよめられた小径をゆくとき、かがんで畑仕事をしていた老人に「蛇笏っさんの弟子かね」と声をかけられる。言うまでもなく、広瀬直人、町子夫妻は揃って蛇笏門さらに龍太門である。

「いいえ」とっさに私は大声で返事をしていた。「そうかね」ほほえんでその人はまた仕事にとりかかる。

飯田蛇笏という作家が「蛇笏っさん」と呼ばれている。敬意と親しみをこめて。鋤き起こされた土の匂いと、山気をたっぷり含んだ新鮮な空気。百千鳥とはこのことと、あらためてその明るさにつつまれてゆく野鳥たちの合唱。訪ね得た墓所の石に刻みこまれた文字の一字一画がなつかしく思われ、俳句に連なる人生が桃の花明かりのようにありがたく思えた。

行く春

行春や辛目に煮たる湖の魚　　草間時彦

行く春は行春とも書く。春夏秋冬どの季節も移って動いてゆくものであるけれども、その時の移ろいを惜しむのは春と秋で、夏や冬の去ってゆくことに対しては言わない。春惜しむ、秋惜しむとは言うけれど、夏や冬に対して同じような季語はないし使わない。

草間時彦という俳人の作品には食べ物の句が多い。その多くが秀句としてひろく記憶されている。これは、大正九年生まれの作家の中でも異色のことである。

「とろけるまで鶏煮つつ八重ざくらかな」という句など、あのぼってりと艶麗な遅桜があちこちに咲き満つるころ、きまって想い出される時彦作品である。

さて、この湖、琵琶湖のことであろう。諸子とか公魚・小鮎などのその炊き加減が辛目であるということに趣がある。

「行く春を近江の人と惜しみける」などの芭蕉の句とともに、この句から私は西国三十三番札所吟行で訪ねた第三十一番長命寺のある近江八幡の町のあたりの水景を想い起こす。眼を閉じれば、幾度となく辿り歩いた淡海のほとりの古い街並がよみがえってくる。渡岸寺をはじめとして、湖北にはすばらしい十一面観音像がいくつも祀られており、拝観を重ねてきた時間もなつかしい。

あれはどこの町であったか、時の流れが止まってしまったような路地の一角に迷いこんだ。土間の床几の上に大小の鉄鍋が二つ。煮上がったばかりの湖の小魚が芳香と湯気を立てつつ、量り売されている場面に遭遇した。

短夜

短夜や乳ぜり泣く児を須可捨焉乎　竹下しづの女

大正九年に詠まれたこの一行の新鮮さは歳月を経て、いよいよその輝きを増してくるようだ。しづの女、本名静廼は明治二十（一八八七）年福岡県行橋市に生まれた。福岡女子師範学校卒業後、教職に就き、大正元年結婚。長女、長男、次女と子宝に恵まれ、大正八年一月次男誕生。この年より句作を始め、「天の川」主宰吉岡禅寺洞の指導を受ける。翌年四月、「ホトトギス」に投稿を始めたとたんに、この句を含む一連の作品が八月号において、虚子選の巻頭となり、当時の俳壇の話題をあつめたのだ。

作者このとき三十三歳。生まれたばかりのみどり子に添い寝しつつ、それまでに何人もの子を慈しみ育ててきた母親としての感情が爆発したかのごとき存在感のある一句を成さしめたのであろう。若いときから万葉集に親しんできた作者の知性が須可捨焉乎という末尾の五文字に結晶、字余りに想いのたけをこめた圧倒的表現力が読み手の魂にひびいてくるのだ。

子を持たぬ私であるが、この句が好きだ。先達としてのしづの女を敬愛する気持ちは年ごとに深まってゆく。

四十六歳で、糟屋農学校長の夫伴蔵の急逝に遭うや福岡県立図書館の司書として働く。五十歳のとき、長男竜骨を中心に高等学校俳句連盟を結成、機関誌「成層圏」を創刊、中村草田男とともに金子兜太ほか多くの青年作家を育てたことなどを思うと、しづの女の人生のスケールの大きさにいよいよ魅了されてゆく。

泉

泉への道後れゆく安けさよ　石田波郷

石田波郷ほど幅広いファンを持つ俳人も少ない。全集も二度刊行されているし、俳壇でも若手作家からベテランの作家の間に、師系と流派を超えて根強い人気を維持しつづけている。

波郷がこの世を発ったのは昭和四十四年十一月。日経新聞夕刊の社会面にも死亡記事が載った。

石田波郷氏（俳人、本名哲大＝てつお）二十一日午前八時三十分、心衰弱のため東京都北多摩郡清瀬町の国立病院で死去。五十六歳。自宅は東京都練馬区高野台三－十七－七。告別式の日取り未定。喪主は長男修大氏。

実はこの記事、当時入社二年目の日経新聞社会部記者であった喪主修大氏が、社命により病院から電話送稿した原稿なのであった。

二〇〇〇年の今年は波郷没後三十一年。このたびその修大氏が書き下ろした『わが父波郷』（白水社）は、国民的俳人のほんとうの姿、波郷とは何者なのかを教えてくれるはじめての本だ。

父は俳人と病人、困難な二役に徹して五十六年の人生を駆け抜け、長子は俳句とはかかわりなく生きて新聞人の道を歩んできた。父の享年と自分の年齢がぴたりと重なる地点に到達したとき、子はようやく父の全作品を読み、俳句一本で貫かれたその生涯を忌憚なく総括する作業にとり組み、見事な成果を得ている。

掲句は戦地で得た結核の胸部成形手術ののちの、束の間の安定期の作品。作者を励ます泉の気が、まみどりの森の新鮮な風とともに読み手にも伝わってくる。

夏越

星出でていよよ茅の輪の匂ふかに　　永井龍男

陰暦六月晦日または陽暦七月晦日に、諸社で行われる大祓を「夏越の祓」または水無月祓という。

振り返ってみると、私もずいぶんあちこちの土地の夏越のお宮で社前に祀られた茅の輪をくぐり、罪や汚れを祓ってくださいと祈ってきた。東京では、赤坂の山王神社、浅草の鳥越神社、新橋の烏森神社などによくお詣りをした。

京都の北野天満宮、大阪の住吉さま、さらに松山、盛岡、松江、桑名、数え上げればきりもない。

廣重の名所江戸百景を歩く吟行会を毎月欠かさず重ねていたころ、たまたま中央区のある神社を夏越の前日に通りかかった。結い上げたばかりの茅の輪を建ててゆくところ。剪りそろえ、しかと束ねられた野の青茅の香りが、水のようなたそがれ色の木立の間にあふれ、しばらく佇んでいるだけで、全身の細胞が更新されてゆく。そんな鮮烈な時間に恵まれた。

もうひとつ、忘れがたいのは佐渡の茅の輪だ。小木に住む俳人数馬あさじ翁の案内で、木崎神社の拝殿の畳の上にじかに建てる珍しい大茅の輪をくぐらせていただいた翌日、こんどはたっぷり一日をかけて、島中の主な茅の輪をのこらず訪ねた。

なにしろ、八十代の半ばを越えて『佐渡吟行案内』をこの春世に出したほどの健脚俳人。小さな祠にすでに干し草の香を立てて吹かれている輪袈裟ほどの小さいものも見せてくださる。竹細工職のこの人を竹取の翁と呼んで敬ってきたが、去る五月、念願どおりのころり大往生をとげられた。

涼し

目を閉ぢて無念にあれば涼しかり　　阿部みどり女

暑さは当然、夏なのだからと覚悟をきめている者に、朝涼、夕涼、晩涼、夜涼などの恵みはまことにありがたい。涼しいという言葉を身体的にうけとめ、実感的に覚えたのは何歳のときであったか。

戦前、東京の本郷に住んでいたころ、父の漕ぐ自転車に乗って、団子坂を下ってくるとき、「涼しいなぁ」とつぶやいたときの自分をよく覚えている。四歳半くらいだった。

俳句に親しむようになって、涼しという言葉が、もっともっと幅広く使えるのだということを知り、季語と呼ばれる日本語の底知れぬ奥行きの深さに感激して、本腰を入れて歳時記の世界を探検しつくしてみようと考えた。

大学生になった年から、山口青邨という俳人の門下に連なる幸運を得たが、老涼しという文字に、ある句会で出会っていたく心を打たれた。先生は九十六歳の長寿を保たれたが、老という文字を安易に句の中に持ちこむことを戒められた。その教えがようやくにして、私にも理解できるようになってきた。自分が還暦を超え、私を俳句の道に誘ってくれた実家の母が、九十三歳でこの夏の暑さを耐えているというようなときが訪れることを、学生時代の夏の日には想像もしなかった。

ひとつの季語が、ひとりの俳句作者の中で変容してゆく。藍甕の中で蒅が生成発展してゆくように。私自身がそのゆたかな藍甕となれることを希って、たっぷりと季語を抱いてゆきたい。

阿部みどり女は昭和五十五年、九十三歳で長逝した女流俳句の大先達である。

鉦叩

誰がために生くる月日ぞ鉦叩　　桂信子

虫の音をたのしむ国に生まれ合わせたことを幸せだと思う。

俳句で虫といえば、虫鳴く、虫の声、虫時雨、虫の音、虫籠などの言葉がつぎつぎ浮かんでくる。形や色を見るのではなく、その声を味わう。しかし、この秋の虫、発音器をもつのは雄だけで、雌は鳴かないのだという。不思議だ。こおろぎや鈴虫、松虫、きりぎりすなどは小学生のころには聴きわけられるようになっていたが、歳時記に載っている邯鄲をはじめて聴きとめたのは三十を過ぎて、俳句の仲間と泊まりがけで木曽路に吟行に出かけた折だ。鳥居峠の風の奥から、るるるる、るるるると水の流れるような妙音が歩をすすめるたびに響いてくる。あのときの歓びは時間が経つほどにあざやかにこの身によみがえる。

鉦叩は学生時代にはもうよく聴きわけられたが、そのころには関心がほとんどなかった。鉦叩のあのストイックで硬質な声があまたの秋の虫の音の中でもっとも好ましくなったのはいつからだろう。ともかく、私はチン、チン、チン、チンという音が響き初めるそのときを毎年待ちかねている。一年中でもっともよく聴けるのは八月だ。かすかで、しかしたしかな鉦の音を聴きとめた日から私の秋がはじまる。とりわけわが庭先に打ち初める鉦の音に聴き入るゆうべを至福の刻と思う。

桂信子はいよいよ旺盛な創作活動を展開している一九一四年生まれの人。夫の早世に見舞われた若き日の作品で、第一句集『月光抄』所収の一句である。

秋の蝶

飛鳥より吉野へ誘ふ秋の蝶　　津田清子

俳句の中で地名のもつ力は大きい。季語の力は言うまでもないが、一句の世界を構築する上で、地名もまた重要な鍵を握る。

この句でも、飛鳥、吉野という二つのキーワードが、読み手のこころの時空をゆたかにひろげてくれる。秋の蝶は何色であろうか。吉野に向かう作者のうしろからきて、はたはたと視野を立ち去っていったのは、揚羽のような大型の蝶なのではないだろうか。

大阪万博の年だから、三十年も昔のこと。明日香村の民宿に泊まって、ほしいままあちこち歩き廻った。ひとりで談山神社まで山を越えて歩いて行ったり、おにぎりを作ってもらって、近くの岡寺や橘寺を訪ねてはぼんやりと何時間もただ風に吹かれて過ごしたりもした。石舞台のあたりも、現在のように整備されていなかったから、あの巨石の上に登って、思い切り背のびをしたり、座禅のように脚を組んでみたりして、飛鳥の秋風のひかりに眼を遊ばせ、その音に耳をあずけていた。

飛鳥と吉野は近いのだということを実感できたのもそのときで、のちに何度か母を連れて吉野を訪ねたときはタクシーで必ず飛鳥にも廻った。贅沢と思いつつも、自分の働いたお金で親孝行ができたことが嬉しかった。その母も九十三歳。長年打ちこんできた句や歌を詠むことはもはや不可能。しかし、ともに眺めた吉野や飛鳥の春秋の景は、いまも母の心の奥深く消えることなく生き続けている。そう信じたいと希う。

芒

貌が棲む芒の中の捨て鏡　　中村苑子

もしも芒という植物がなかったなら、この世の景色は味気ないものになったと思う。

歳時記で「芒」または「薄」の項をひらくと、尾花・芒・芒野・芒原・花芒・穂芒・芒散る・糸芒・鬼芒・真緒の芒・真緒の糸・一叢芒・一本芒などが立ち並ぶ。

子どものころの思い出の中に、たったひとりで銀色に波立つすすきの大海原にもまれつつ、山ひとつ越えた親戚の家まで出かけて行ったその日の情景が、あざやかにファイルされている。

不思議なことにその記憶は、七歳くらいの私をもうひとりの私が映像作家となってムービーに収めたもののごとく、目をつむれば画面はいつでも巻きもどせるのだ。

銀芒の空間に息を呑んだのは大和の曽爾高原での一日。ありとあらゆる虫が啼きしきっていたが、その交響楽の基底に流れていたのはあの邯鄲の声だった。水音にも似て、るるる・るるるるとあふれてくるその音色は私の全身に沁みわたるように響き、どこまで歩を進めても一向にとぎれるということがなかった。
遊行上人一遍も、聖絵と呼ばれる絵巻のそこかしこに、芒が描き遺されていて懐かしく慕わしい。中村苑子の広く知られるこの句は、芒という植物が人間に呼び起こす感情を表現しきっている。かなしいとかおそろしいとかうらめしいとか、さらには底無しの不安にとりつかれたりするそのことこそが、この世を生きてゆく意味なのだと囁いてくれてもいるような気がしてくる。

天の川

全病むと個の立ちつくす天の川　　鈴木六林男

よく晴れた夜、天空を横ざまにつらぬく恒星群が帯状にまた川状にあらわれる。七夕とかかわる天の川ではあるが、一般には天体の現象として、老若男女を問わず日本人のこころをとらえている。天の川ときけば、私には次のような句がまず浮かんでくる。

荒海や佐渡によこたふ天河　　芭蕉
うつくしや障子の穴の天の川　　一茶
天の川のもとに天智天皇と臣虚子と　　高浜虚子

妻二夕夜あらず二夕夜の天の川　中村草田男
遠く病めば銀河は長し清瀬村　石田波郷
天の川怒濤のごとし人の死へ　加藤楸邨

鈴木六林男の句は、これらの作品群とすこし、いやかなり異なっているようだ。おそらくこの作家の独自性と魅力のありどころもそのあたりに鍵があるのだと思う。

句の鑑賞は読者にゆだねられている。分からないと投げ出すもよし、自分好みの解釈をしてみることも自由だ。天の川を構成する恒星群を全ととらえ、そのひとつひとつの星の立場を個ととらえることも可能だ。ともかく、全病むという表現、つまりものの見方、ここに作者の面目を私は見る。個の立ちつくすという現象のとらえ方に俳人六林男の孤愁がある。森閑たる天の川。その流れをひとりかち渉りゆく人のうしろ姿。寂寥の川波に人間の存在を賭けた意志という杖が逆らう。

白鳥

白鳥の黒豆粒の瞳を憐れむ　成田千空

最近は旅の途次、あちこちで白鳥に出会うことができるが、子どものころ、白鳥という鳥即ち西洋というイメージを私は抱いていた。

カモ目カモ科のこの大形の水鳥は飛来する日本列島の各地で地元の人々の手あつい保護を受けているようだ。最上川畔の菊摘みを見に行ったとき、前日に飛来したばかりの白鳥の番がぐったりとして長旅の疲れに耐え兼ねていたその姿が印象深かった。

盛岡では街空を大白鳥が翔ぶ。暮方、垂れこめた雪空に啼き交わしつつ消えてゆくその群を仰いだ。成田千空は青森県五所川原に住む中村草田男門の俳人。白鳥と作者が互いの存在を愛《かな》しみ合っている風情がこころに沁みる。

この七月、私は西洋で忘れがたい情景に遭遇した。ローマからチューリヒ行き夜行寝台でスイスに行く。裏千家ローマ出張所長野尻命子さんのお茶の弟子、ドイツ人の大学教授夫妻に迎えられ、車でボーデン湖に向かおうとしたときのこと。チューリヒ駅裏に小流れがあり、川岸の野の花に見とれていると、茶褐色の二羽の幼鳥を従えた白鳥の母親がすべるように橋の下から現れた。

川の中央をさけ、母鳥は岸寄りの川石で堰止めたあたりに進んでゆく。そしてその積石のハードルをゆっくりと越え、向きをかえて子どもたちを誘う。恐がって後ずさりする雛たちに、何度もジャンプしてみせる親鳥。ついに三羽が堰を越え、揃って流れに浮かんだとき、野尻さんと私はほーっと大きな溜め息を洩らしていた。

千鳥

千鳥も老いも夜明けの素足九十九里　古沢太穂

千鳥というのはチドリ科の鳥の総称。イカルチドリ、シロチドリは留鳥で、コチドリは主として夏鳥として飛来し、その一部は日本で越冬する。メダイチドリ、ダイゼン、ムナグロなどは旅鳥なのだという。自分自身の千鳥体験に照らしてみても、チドリはいろいろな季節に見られる鳥だということは納得がゆく。それにもかかわらず、千鳥は冬の季語として定着している。

芭蕉の「笈の小文」にも、「星崎の闇を見よとや啼千鳥」という鳴海で作られた秀吟がある。

私の場合、その姿を見たり、啼声を識別できると思っているのは、コチドリとかシロチドリだ。現実の千鳥の種別よりも、冬の季語としての磯千鳥、浜千鳥、島千鳥、川千鳥、群千鳥、遠千鳥、夕千鳥などの三文字にそれぞれにイメージをかきたてられ、親しんできた。小夜千鳥、夕波千鳥、月夜千鳥などという四文字ともなれば、ふと耳にしたり、眼にした瞬間、こころが波立つ。一句詠んでみたい気分にもなってしまう。

京都の鴨川べりの古い宿。にぎやかな会食ののち、コートの衿を立てて皆帰って行った。床に就いて灯を消すとき、妙に胸さわぎがした。障子を引いてガラス戸を開け放つ。まちがいない。千鳥の声だ。水際をそれぞれに走りつつ啼いている声である。姿は見えないけれど、少ない数ではない。対岸の灯も減ってきた。十一月の群千鳥の声。新しい句帳の表紙に「小夜千鳥」と書いて枕元に置き灯を消す。

枯菊

枯菊を焚きて焔に花の色　　深見けん二

菊の枯れざまは見事だ。無理なくすこやかに枯れてゆく。茎は勁いので、枯れ切っても、めったに折れたり崩れたりはしない。倒れるときも背筋を正したまま寂かに傾いてゆく。残菊とか乱菊という言葉があるように、盛りのときを過ぎても、この花はその風姿に忘れがたい趣きをとどめるのだ。

父は菊を、なかんずく小菊を愛した。往診から戻ると、患者さんの家の畑や庭に咲いていた菊の束をもらってきては母に差し出す。束をほどき、小分けにして挿した花瓶や花籠を母は診療所と家のあちこちにさりげなく置いて見守っていた。

我が家の庭の菊が終わりになると、花生けの菊を枯らして集めておいたものと一緒に焚いた。焚火の好きな父のそばで、その火の番をするのは嬉しかった。落葉は籠にいろいろと溜めておいて焚いた。落葉も木によって、焚火の炎の色も匂いも異なる。微妙なその差を愉しもうと、落葉焚の前にまずその葉のブレンドにこころを配るのだった。

焚火の色を見つめている父と娘は三廻りちがいの寅歳。兄弟姉妹の中でも気質に共通するところが多かったが、炎の色を眺めつつふたりが感じていたこと、考えていたことをあれこれ想像したり、思い返してみると興味が尽きない。

三十を過ぎて私はようやく旅に出はじめる。鼠ヶ関に近づく羽越本線の車窓が暮れてゆくころ、海べりに火の手が挙がった。美しいその炎が菊を焚く火であることを直感できたのは、父のおかげであった。

寒の水

寒の水のまず逝きしがあはれかな　石橋秀野

寒中の水は薬効があると言われる。餅を搗くとか酒を造る、また紙を漉いたり、布を晒したりもする。とくに寒に入って九日目の水を寒九の水と呼んで珍重する。

美濃加茂市伊深の里の正眼寺は臨済宗妙心寺派専門道場として、きびしい行で知られるところ。ご縁を得て今年も新年に伺った。駅まで車で送ってくださった若い雲水さんの話が心に残る。

「寺で使っている水はすべて水道水ではなく、山の水なのです。水道を引くことはできるのだそうですが、山の水だけを使う暮らしの中で、水の大切さ、ありがたさが実感できるようになります。蛇口をひねればいつでも水が出てくるという暮らしとは異なる条件の下で、水の貴さが身に沁みてくるということはありますね」

正眼寺の臘八接心は一月の寒中に行われる。歳時記には臘月八日の略として十二月の項に出ている。

雪山で苦行していた釈迦がこの日の未明、悟りを開いたことにちなみ、禅宗では七晩八日不眠不休の座禅修道が行われる。正眼寺ではその行をあえて極寒の一月十五日から二十二日に移している。

たまたまその寒中、臘八接心の明けた日の午後に許されてお訪ねした年があって、いただいたお薄、煎茶のおいしさに感動した。ご老師以下すべての人々の気が凛々と漲っていたことも忘れられない。一年に幾度も接心の行われる道場。颯颯として塵ひとつ落ちていない空間にとどく寒の山の水。その水音を心に聴きとめる。

鶯

鶯 に 蔵 を つ め た く し て お か む　飯島晴子

俳句をつくる暮らしのなかで、物の名前を知るよろこびを教えられた。雑草という草はないし、名前のない木はない。一木一草みなその名前を持って、私たちとの出会いを待ってくれている。

鳥やけものについても同じで、その名前を知り、生態を知ることにいつも大いなる好奇心を抱いている。この目で物を眺めるよろこびとともに、耳で知るよろこび、たとえば、野鳥の声などをひとつひとつ聴きわけてゆく時間のもたらすよろこびは何ものにもかえがたい。

それがよく知っている鳥の声であれば、聴きとめたその場所、場面などの記憶とともに、よろこびがいっそう深まることはしばしば体験することである。西国三十三観音巡礼をつづけていたころのこと、ある札所への道すがら、ほれぼれするような鶯の声を聴きとめた。山裾の木立につつまれて、小さな屋根が見えた。茅ぶきの庵という印象。鶯はその主に飼われているのであろう。妙なるその声は、まぎれもなくその屋根の下から響いてきている。当時、会社員であった私には、年四回、季節ごとに一か寺ずつ、西国の観音に逢いにゆくその旅路が嬉しく、愉しく、かけがえのない夢の空間、俳句浄土そのものであった。

鶯の飼い主の姿は見えなかった。男でも女でもいい。あんなたたずまいに暮らす人は、おそらくひとり棲む人だ。鶯を啼かせて、木立に囲まれ、縁側のある家に暮らす人を私は勝手に想定していた。その人にいくらかの憧れと親近感を抱きはじめながら。

椿

老いながら椿となつて踊りけり　　三橋鷹女

古くから日本人に愛されてきた椿。江戸時代に多くの品種が作られ、二千種あまりの花が仲秋から四月ごろまで代わる代わる咲きつづける。茶花に使われる名花の美しさもさることながら、私は年を重ねるほどに藪椿の紅色にこころを揺すぶられる。

十日ほど前、高知にいた。八年ほどの計画で巡りはじめている四国遍路吟行で、第三十六番青龍寺をめざす。土佐湾に架かる宇佐大橋をゆく。眼が痛くなるくらい、春潮がまぶしい。お寺に近づくと、山際の古道に紅藪椿が散って石仏や石碑のほとりがいきいきとしている。道は毎日掃かれているのだ。落椿はどれもけさ枝を離れたといった風情で、新鮮な花のかたちを崩していない。鶯が啼き、小綬鶏が啼き交わす。土佐水木も樒も咲きはじめている。

日独俳句交流の縁で、フランクフルト俳句協会のエリカ・シュバルムさんを案内して東京を巡ったことがある。ＨＡＩＫＵ作者であって、草月流師範の彼女はいたく椿の花に感動したようだ。「ドイツでは花材にできない。椿はほとんどありません」と残念がる。靖国神社では大きな赤い落椿を拾って、そっと手鉢に浮かべ、合掌してからカメラに収めていた。

車を止めてと彼女が叫んだ麻布の住宅街の小径。ほの暗い地面を紅椿が埋めている。そこに座って句帳をひらき、撮ってくれとほほえむ。亜麻色のストレートヘア、おしゃれでどこか美少年の雰囲気を宿す西洋の夫人が、しばし東洋の紅椿の樹下に安らぐ。「あなたは椿の精です」。つたない英語で私は叫んでいた。

花

花あれば西行の日と思ふべし　角川源義

東京の桜も年ごとに見応えを増す。花の名所もあちこちにある。枝垂桜の名木も多い。染井吉野が多いので、咲き満ちてくると夜など花のボリュームに圧倒される。

今年も各地で桜に出会えた。三月二日、高知県で愛らしい雪割桜にめぐり合った。須崎市の桑田山というところにその花の木が大切に守られていた。もともとは松山の椿神社にあった桜の苗をここに持ってきて、増やして桜山にしているところ。休憩所の経営者松坂フミ子さん特製の桜餅はこれまでいただいたものの中で一番といってよい味。小ぶりで塩漬けの桜の葉の香りもすばらしかった。

遍路吟行の途次、訪ねたのだったが、雪割桜に出会ってのち、啓蟄の晩には大島桜の花びらほどの大きな牡丹雪が舞った。月はまどかに照り、大粒の星もいくつも出ているのだから、幻想的というより豪華だった。土佐までやってきた甲斐があった。

三月二十一日には京都の平野神社で、満開の桃桜に出会えた。はじめて見るその花は長い蘂をたっぷりと抱える白々とした一重咲き。よい香りを漂わせていた。東京に戻ると、そこここに咲きだしている。三月のうちに桜が終わってしまうのかと心配しているうちに、冷えこんできて花の四月となった。

俳句会の事務所の近くにおそばの九段一茶庵もある。靖国神社、千鳥ヶ渕、北の丸と花吹雪を浴びつつ吟遊してきて、たそがれるころ、この店の桜切りを注文、つめたい日本酒も少しだけいただく。

残花

夕ぐれの水ひろびろと残花かな　　川崎展宏

若いときから各地の桜を訪ねてきた。いちばん見事なその花のときに行き合わせたいと願って、日程の調整に心を砕いてきたが、どうしても残花のときにしか訪ねることのできない木もあった。残念に思ってきたはずであったのに、五十代の終わりに、桜花巡礼行を一応満行とした、その日からがらりと考えが変わってきた。

花の盛りはすばらしい。しかし、残花、名残りの花の風情もさらにすばらしいとおもう自分を発見し、そんな自分に共感していた。考えてみれば、その見方は突然に私の胸に浮かんできたのではなく、五十歳を過ぎたころから、徐々にその想いはきざしていたようなのだった。

満行とした年の翌春から、私はすでに第二次の花巡り即ち残花巡礼をはじめている。今度はいつまでかかるのか、いまのところ分からない。脚が衰え、花の木の下までたどりつくことができなくなる、その日までは続けるのではないかと思う。

樹齢のある桜の木は、例外なく訪ねてゆく者を力づけ励ましてくれる。心が弱ったり、身体の気が衰えたとき、気がつくと、私は桜の木に向かって歩きだしているのだった。

何年か前、棕櫚の日曜日のころ、シチリアに行った。タオルミーナのホテルの庭に山桜があった。

満開は過ぎていた。至るところに海原が見えた。思いがけないところに白い桜の花があった。その日、海原をゆくたった一片の夕暮れの花びらを震えるほど怖いと思った。明るすぎるこの島の海原に残花はそぐわない。と思った。

余花

麓より余花をたづねて入りにけり　原石鼎

残花は春、余花は夏の桜である。若いときは、知識としてだけ理解していたひとつひとつの季語の存在とその内容が、あるときから、しみじみとこの身に沁みて実感できるようになる。

私の日本列島桜花巡礼は、五十代の後半で一応満行。そののちも引きつづき、残花を訪ねる旅として年を重ねている。もしも、四十代に名残りの花の木の下に身を置いたとして、果たしていまの私と同じ気持ちでその残花に心が添ってゆけたかと考えてみると、それは無理だったろうという結論に達する。

去る五月三日、平泉の高館で「静ざくら」と呼ばれ、大切に守られている一幹の残花にめぐり合った。それほどの樹齢ではない。一木に一重と八重の花をつける名木。小ぶりの白い花びらをときおり放つこの名残りの花の樹下に佇む時間を、得難いと感謝していた。遅桜とも呼ばれる八重桜はその日満開。そこここにあふれ咲いていた。

余花ときけば、青葉若葉に沈むひときわ白い花のたたずまいが目に浮かぶ。京都から大津長等山の山裾を廻るような感じで園城寺三井寺に向かったことがある。たしか、五月十五日葵祭の日に、嵯峨野の寂庵で瀬戸内先生の誕生日を祝う集いに加えていただいたその翌日だった。

しんしんとみどりを深めてゆく山中の一木が桜。水底をゆく心地を覚えつつ、丈高いその花の木の下に身を寄せた。走り去る雉子の声が消えると、青葉の梢をわたってゆく三光鳥があのまばゆい声を端正に響かせつつ、つぎつぎ頭上をよぎってゆく。

蟇

日輪を呑みたる蟇の動きけり　　橋閒石

蛙の一種で、もっとも大形、もっとも存在感がある。蟾蜍、蟾、蝦蟇などとも書かれる。同じ種類だが、北海道南部から富士山麓以東にいるヒキガエル。九州から屋久島まで分布するニホンヒキガエル。東北地方の山地にのみ発見されるのがヤマヒキガエルなのだという。二月ごろ冬眠からさめて産卵、再び冬眠に入り、初夏のころ地上に這い出してくる。

昼間は草むらや床下のような暗がりにひそんでいて、日暮れとともにのそのそと動きだす。飛んできた蚊などをパクリとあけた大口に吸い込む。暗褐色の背中にはいくつもの疣が浮かんでいる。しかし、俳人はこの醜悪ないきものをこよなく愛するのである。

這出よかひやが下のひきの声
月の句を吐てへらさん蟾の腹
雲を吐く口つきしたり蟇

前から順に、芭蕉・蕪村・一茶の句である。さらに

蟾蜍長子家去る由もなし

と草田男は詠み、楸邨にも

蟇誰かものいへ声かぎり

と広く世に知られた句がある。

考えてみれば、蝦蟇の油は落語の種にもなり、仙人や妖術とも結びつく想像をかきたててくれる愉快な存在。実は狭いわが庭にも棲んでいてくれて、その主は少なくとも二十五年は生きている長寿蛙

のように思える。この家が建ち上がった日、軒下に消えた白蛇は二度と見かけないが、老蟇は年ごとに風格を増す。重たげな金色のまぶたを夕月にゆっくりと上げて眼をつむる。守護神とも思える。

仏法僧

仏法僧鳴くべき月の明るさよ　　中川宋淵

野鳥の名前もいろいろあるが、仏法僧とは印象深い名前だ。時鳥とか筒鳥、郭公、青葉木菟、三光鳥、大瑠璃などは、私もその姿を識別できるし、自分の耳でその声をしっかり聴きわけられる。

テープで聴いたり、ラジオでその声を知る機会はあったが、深山幽谷に棲むという仏法僧の声を、現場でじかに聴きおさめたいと思いつづけてきた。念ずれば花ひらく。ついにチャンスはめぐってきてくれた。円空のふるさととして知られる岐阜県郡上郡美並村。人里を離れた星の宮神社の裏山で、五月の下旬には毎晩のように啼くと知らされたのは、二〇〇〇年の初秋。以来その声を一度はたっぷり聴こうと待機していた。

この五月三十一日、美並村在住の円空研究家池田勇次さんの案内で出かけた。午後七時半、分厚い雲の奥から、ぽっと十日の月が浮かび出る。束の間を寂かに照って、静かにまた黒雲の波間に沈み込む。しめり気を含んだ青い闇がぐんぐん降りつもってくる。

道をはさんで社殿の前を粥川がゆく。その谷音も気のせいか、段々に激しく高まってくる。そのときである。はるかかなたの森で「ホー・ホー・ホー」と人を呼ぶような声がした。青葉木菟なら「ホー・ホー」と啼く。たしかにその声は風の奥から、まぎれもなく、「ホー・ホー・ホー」と近づいてくる。仏法僧だと気づいた瞬間、全身の細胞が耳になった。

髪の根が電流を受けとめたようにざわと起ち上がっていた。六十二歳の仏法僧初体験。

炎天

炎天にいま逢ひそれも過去のごとし　目迫秩父

炎天という文字を見ただけで目まいがしますという人、老骨にも勇気が湧いてきますという人。季語を語ってゆくと、この世を構成する人々の多様性を知る。

何をかくそう。八月十日生まれの私は炎天熱烈歓迎派。くらくらする日盛りの空の下に佇つと、生甲斐にも似た歓喜が身を貫く。

寂聴先生に蹤いてはじめてインドの乾季を旅したとき、私は三十代の終わりだった。広大な大陸を列車、飛行機、貸切りバスで縦横に移動する。バスのゆく白い道はまばゆく乾ききって、前と後ろに白い河のように果てもなくのびている。両側に植えられた並木のマンゴーやバンヤンの大きな木蔭がなかったなら、歩行者は日干しになってしまう。緑蔭という季語をまるごと体験できた旅でもあった。

ケララ州のある集落を過ぎたとき、はるか前方にポッリと人影が湧いた。炎えてゆらめく大気の奥から白道を蹴りつつ、スローモーション画面の焦点として、こちらにやってくるのは老人である。素足に編上げのサンダル。身体に巻きつけたその襤褸にも風格が漂う。浮き出したあばら骨、手脚の骨格に張りついたように動く筋肉質の肉。カールして逆巻く髪の毛のボリューム。背丈に余る長い木の杖の瘤には布にくるんだ路銀らしきものが括りつけてある。

すれ違いざま、バスの窓から身をのり出した私と眼が合う。遊行者の眼。たったひとり、炎天をきて去る人の眼光。四半世紀を経たいま、何よりもなつかしく慕わしい人間の姿だ。

新涼

新涼の水汲む力加はりぬ　馬場移公子

涼しという季語は夏。暑さの中に涼しいという感覚を見いだし、感じとってゆくとき使う。新涼は初秋の季語。秋に入って、「やっとしのぎやすくなった」とホッとする、その涼しさ。新に涼し、初めて涼し、秋涼し、秋涼などともいう。この句、私にもなつかしい。

水汲む力を私たちは忘れかけている。つるべで井戸水を汲んだり、ポンプで呼び水を使ったりして水を汲み出すという暮らしが、あっという間に記憶の彼方に押しやられようとしている。長旅を続けていても、いまはお金で水が買える。その水はいとも無造作に飲み干され、容器はゴミとなるばかり。再生は大変なことだ。

父の生家には深い井戸があった。その水に西瓜が冷やされたり、自家製の清潔な麻縄にくくられた木の桶で、数え切れない回数、水が汲み上げられる光景を疎開したその日から子どもの両眼に収めた。井水というものは人間が全身の力を使って汲み上げたり、汲み出して大切に使うものだということ。井戸端で立ち働く叔母や母や従姉妹や姉たちの姿を目にして、共同体では女たちの労働によって水が供給されるのだと知った。その上で小学校に入学したことが、今日までの私の人生を大きく支えてくれている。俳句作者としての私の自然観や人生観の基本になっている。

そして夏休みのある日の朝、村のはずれの家の井戸に身を投げて命を絶ったおばさんがいたことも、私を鍛えてくれた事件であったといまにして思う。

露

露の中睡りて癒やす恙あり　　石田勝彦

それは忘れられない体験だった。日が昇る前に目がさめて縁側に座る。庭中の草や木の葉がま白になっている。走り出て触れると、手が濡れた。小川の岸辺の草もま白だ。思い切って草履のまま踏みこんでみると、白い草の葉は消え、膝から下がびっしょりと濡れた。

のちに出会った白露、朝露、露の玉などの言葉に、人一倍強く共感できたのは、終戦の年、夏休みも終わりに近い日の朝、たまたま露の玉に手を濡らして驚いた体験が小学一年生の私に恵まれた故だ。

中学生になって、露の秋、露律、露の宿、露けしなどという題が出ると、我が意を得たりとばかり句作に熱中した。一句とていまに残るものはないが、母に連れられて出かけた句座で、半紙に墨書された露の宿という席題が鴨居から垂れて風に吹かれていたときは張り切った。

日が当たれば、たちまち消えてしまう露の性質、そのたたずまいを暁方の観察によって、眼とこころに刻みこんでいたからであろう。露の身、露の命そして露の世などの言葉にもとりわけ共感を深くすることができた。

露を詠んだ古今の名句秀句を調べ、集めては写経のように筆写したこともある。しかし、露の世という季語が私自身の身に添った言葉として使えるかもしれないと思えてきたのは最近のこと。この世というもの、この世の時間、人生というものがようやく私にも分かりかけてきたようにも思える。句作、それはおそろしいことだ。俳句、それは一行の作者の魂の容。

子規忌

虚子を知るばかりの子規を祀りけり　清崎敏郎

今年（二〇〇一年）は子規没後百年。さまざまな記念行事が催されている。

糸瓜咲て痰のつまりし仏かな
痰一斗糸瓜の水も間に合はず
をとゝひのへちまの水も取らざりき

広く知られているこの絶筆三句を明治三十五（一九〇二）年九月十八日昼前に書き、翌十九日午前一時ごろ息をひきとる。三十六歳。その墓所は東京・田端の大龍寺にあり、私も例年お詣りをしているが、老若男女を問わず墓前に額ずく人が多い。折から大龍寺の庭には曼珠沙華がつんつんと蕊を立て、早い年はあかあかと咲きひろがっている。母八重、妹律の墓も並んでいるが、それぞれに秋草があふれている。りんどう、おみなえし、萩、桔梗、吾亦紅などどれもいきいきと美しい。

子規忌にはよく雨が降る。草花を愛し、草花の写生などを愉しんだ人の忌日に、その雨は供花のいのちを守りひき立てる恵みのようにも思われる。戒名は子規居士とのみ。新聞記者、俳人、歌人、随筆評論家といくつもの顔をもって、文字どおり縦横に活動した。本名は常規。幼名は処之助、升《のぼる》。雅号は子規（俳句）、獺祭書屋主人（評論）、竹の里人（短歌・新体詩）と使い分けたが、この他にも香雲、丈鬼、野球《ノボール》など百種に及ぶ。

芭蕉没後二百年祭を機に、奥の細道を辿り、長途の旅の体験を基に旧派俳諧の実情を批判した仕事を私はとりわけ尊敬する。近代短詩型文学革新をなしとげ、ユーモアにあふれる文章を遺した大先達に合掌する。

蛇穴に入る

穴に入る蛇のおろかさ捕られけり　　栗生純夫

大好きとは言えないが、嫌いではない。蛇といういきものに対する関心は年ごとに高まってくる。この夏は和歌山の日高川に架かる道成寺門前の橋を何度か往復してみたりして、清姫の気配に触れた心地がした。蛇の思い出も多い。

昔、ガキ大将の子が青大将を捕らえて、首に掛け、次にその蛇の体を空中で旋回させ、ブーメランのように手を放した。青蛇はクラスでもっとも弱虫かつ泣き虫の男の子の肩に落ちてとどまる。卒倒したその子は、何ごともなかったように小川の岸辺に向かってその蛇がするするとゆくとき、両手で眼を覆い、地面に仰向けになって震えていた。

ところで、白蛇に遭うと幸運に恵まれる、強運の人になると言われているが、私はこれまでに少なくとも三度白蛇に出会っている。我が家ができあがって荷物を運び込んだ日、ちっぽけな庭の向こう端から現れた五十センチほどの白蛇。午後の日を一身に集め、光の棒として軒下に消える。人を呼ぶ間もなかった。

二度目は九州英彦山。杉田久女の足跡を辿る旅で、岩山のすき間から躍り出た白蛇はゆっくりと銀芒の波間に呑まれていった。三度目は阿蘇。山焼の翌々日、ある神社の神木の檜の枝の上に輝いていた。

穴に入る蛇をこの眼で見たのは一度だけだ。頭部は見えず、残る半身も土中に没してゆくところ。金縛りというのか、叫びにもならない声を挙げてその場に釘付けになって動けなかった。蛇身が消え去ると、かたわらの榎の木の根方の乾いた土がかさと動いて穴は閉じていた。

破芭蕉

破芭蕉猶数行をのこしけり　川端茅舎

軒端に父の植えた二株の芭蕉があった。刻々に変化するその風姿は深く心にたたまれている。初夏の玉巻く芭蕉、玉解く芭蕉はさみどりの新芽を立て朝日を集める。仲夏、重なり合う葉鞘からひろびろと打ち広がる青芭蕉。晩夏、花穂をつけ実を結んでゆく。

しかし、芭蕉は三秋の季語、破芭蕉は晩秋の季語となっている。盛りの夏の姿の美しさを賞でつつその広葉に雨や風の音を聴き、風雨に傷んで裂けてゆく侘しい趣を愛した古人のこころが慕わしい。自ら芭蕉と名告り、深川の草庵で、「芭蕉野分して盥に雨を聞く夜かな」と詠んだ詩人の心が、休診の日の父と縁側に並んで、秋雨に打たれてゆくすこし黄ばんだ芭蕉の姿を飽かず眺めていた中学生の私にも懐かしく思われた。

今年、八月十四日、一時帰国中の裏千家ローマ出張所長の野尻命子さんを大津膳所の義仲寺に案内した。折しも魂祭、京都を出る寸前に芭蕉翁に献茶をとおもい立つ。幸い茶道具一式を一保堂の渡辺晶子夫人に用意していただくことができた。義仲寺執事山田さんのご好意で無名庵を拝借、野尻さんが心をこめて点てた一碗を墓前に捧げる。そのときだった。午後四時の炎える日矢が墳の面にとどき、苔むした刻字がパッと照りわたる。

その場に佇ちつくした私は、翁塚のその背後に高々とそびえ、はやくも破れはじめていた芭蕉の葉群が、そよりとやってきた熱風をとらえ、かすかに立てている葉ずれの音を聴きとめていた。

綿虫

綿虫を前後左右に暮れはじむ　　野澤節子

雪虫・雪蛍・雪婆・白粉婆・大綿虫・大綿など、各地で呼び名もいろいろある。蚜虫（アブラムシ）の属。晩秋から初冬のころ、雪の来そうな空中をとぶ。体長二ミリほどのいきもの。腹部の末端に純白の綿のようなものを分泌、それで綿をまとって漂っているように見える。その身はよく観察すると藍色を帯びている。青白い光を発しているように見えるのはそのためだと思う。どこでも見かけるが、十七年間毎月句会を続けている嵯峨野の寂庵のほとりでもこの時期よく出会う。

しかし、忘れられないのは旭川で遭遇した綿虫だ。郊外の清冽な谷川のほとりを吟行していると、大綿の大群が黄葉した山の方から降りてきた。青空をバックに吹雪くように渦巻くように流れるその星雲のごとき一団は停車していた乗用車とワゴン車のフロントガラスにつき当たり雪つぶてのように打ち重なってはつぎつぎ張りついてゆく。

もうひとつ忘れられないのは、南国土佐の綿虫。現在も続行中の四国八十八か所の遍路吟行で、第二十九番国分寺に行った。句会場にお借りした庫裏の廻り廊下に立って中庭の苔に見とれていると、綿虫がふわふわと来る。と見る間に垂れこめた雲間からどんどん湧いてくる。四国の句友は珍しがって夢中で綿虫を詠む。師走の南国に異常発生した大綿は近くの国府跡、つまり紀貫之屋敷跡のあたりの枯れ野にも日暮れまで舞う。おかげで全国各地より結集した句友は綿虫競詠に打ち込み、誰彼なく佳吟を得ることとなった。

炉

身のうちを炉火あかあかとめぐるなり　　橋本鶏二

囲炉裏というものに出会った日、それは大人の世界に子どもも加われる日だった。長方形のどっしりとした炉は、土間を上がった黒光りの板の間の中央にあった。薪や根榾が惜しげもなくくべられ、その火の真上には、自在鉤に吊した鉄鍋に何かがぐつぐつ煮えている。

父の脇に正座していたが、睡たくなって父のあぐらにのる。うとうとしていると、木蓋が外され、もうもうと湯気の立つ巻繊汁が皆のお椀によそられる。一口食べて眼がさめた。長兄の伯父と父は黒木山を売る話に移った。疎開して、東京から一家七人をひき連れ、生家に身を寄せた父には、すでに祖父が医師となる学資を出した。従って父には売り上げの分け前はないと伯父が言う。黙って炉火を見つめている父に味方して、私は思いきり伯父をにらみつけていた。

金沢の俳人、作家でもあった故井上雪さんと、一月末の能登半島をぐるりと廻ったことがある。彼女が各地の漁師さんを取材する旅に同行させてもらったのだ。輪島であったか、網元の屋敷を訪ねる。見事なしつらえの美しい建築の民家。立派な玄関も廊下も仏間も冷え切っている。炉の切ってある畳の間で話を聴く。まっ赤な榾火の奥に雪国の孤心というものが育ち、募ってゆくその時間を体験させてもらった。

昨年の暮、遍路吟行で第十二番阿波の焼山寺を訪ねた。ここからは四国の山なみを一望にできる。奥の囲炉裏を囲む。住職夫人が吊釜の湯でお茶を点て、炉端で銀杏、栗、鳴門芋を焼いてくださる。忘れられない納句座となった。

蕗の薹

蕗の薹酒はひとりで飲むべかり　　遠藤梧逸

子どものころにはその風味に感動できなかったけれど、ある年輪を重ねてのち、俄然そのおいしさに眼を開かせられる食べ物がある。

裏の庭から摘んできた蕗の薹を母はこまかく刻み、お豆腐のお味噌汁にパッと放つ。純白の割烹着につつまれた母の着物は縞や絣の地味な袷で、足もとは別珍の色足袋だった。昭和二十年代の終わりごろのことだ。

「暦の上ではもう春だ」と父がつぶやけば、「寒さはまだまだ残ります。皆さん風邪を引かないように、早寝早起き」と母が締めくくる。掘りごたつの上の食卓には、自家製の梅干、白菜漬。白葱をたっぷり振りこんだ納豆。ひじきと油揚のいため煮。削りがつおをのせた根元の紅いほうれん草のおひたし。日によっては生みたて卵が味噌汁椀に沈められていた。簡素な献立に不満はなかった。炊き立ての麦ごはんをみんなお代りした。檜のおひつは毎日ていねいにたわしで洗い、日に干してある。赤銅のたがもぴかぴかで美しい。

母は料理に精を出し、研究熱心。蕗の薹の煮びたしも蕗味噌も得意だったが、大むねこれらは父の晩酌用だった。

はじめて蕗の薹の天ぷらを口にしたとき、私は三十二歳。こんな美味があるのかと仰天した。登山家の村井米子さんのお供で泊まった山小屋の主人が雪解谷で採ってきたものを、自ら揚げてくださる。蕗味噌をまぶした焼きおにぎりも絶品。粗塩だけで天ぷらをいくつ平らげたことか。そして日本酒もぐいぐいと飲んでしまった。この夜からひそかに私は女酒仙をこころざすことになる。

雛祭

老いてこそなほなつかしや雛飾る　　及川貞

明治生まれの女性であるこの作者のいとしみつつ飾った雛は、おそらく見事な風格を備えていただろう。明治生まれの多くの男性俳人たちもまた雛の秀吟を遺している。

いきいきとほそ目かがやく雛かな　　蛇笏

箱を出て初雛のまゝ照りたまふ　水巴
天平のをとめぞ立てる雛かな　秋桜子
仕る手に笛もなし古雛　たかし
雛の唇紅ぬるるまゝ幾世経し　青邨
夜を籠めて降りて雪晴雛飾る　夜半

住居は日本家屋、雛の間は畳の間。外出時は背広の人でも、家居の折はみな和服。そんな作者たちの心を寄せた雛の情景がこれらの句から浮かんでくる。

私は例年、お正月が明けると膨大な数の雛の句の選にとりかかる。昨年、創業二百九十年を迎えた人形の吉徳、その「ひな祭俳句賞」の選者をつとめて十八年。日本列島の津々浦々から、さらに在外日本人からも、寄せられる投句。幼児から百歳を超える老若男女の句、そのすべてにひとりで眼を通す。

「雛」ときいて、心のなごまない人はおられないと同時に、雛にまつわる自分史の一端を詠みたくなる人が多いようだ。投稿の多くに戦争の記憶が投影されている。疎開をして小学校入学の年に終戦となった世代の私には、明治、大正生まれの作者の句に示される日本人の暮らしと心のかたちがすこぶる懐かしい。幼い日に雛の間でたまたま耳にした父母や祖父母の何げない言葉の記憶が年を重ねるほどに、虹の断片のように何ものにもかえがたい大切な宝物となって身の内に生きて在る。

帰雁

大学生おほかた貧し雁帰る　中村草田男

昭和の初めに詠まれ、第一句集「長子」に収められている作品である。いまや物はあふれているが、かえって日本人全体が貧しくなってしまった。そんな感じがしてならない。

ところで、私は「雁の里親友の会」の会員である。この会は「日本雁を保護する会」が、ロシア科学アカデミーやアメリカ合衆国内務省の魚類野生生物局と共同で実施している、ガン類の標識調査や希少ガン類の復元計画を支援するために設立された姉妹団体であるが、事務局長の池内俊雄さんから会員に届けられた「世界初　オオヒシクイのふるさと発見」という新潟県豊栄市発行のパンフレットはまことに興味深い。

オオヒシクイは雁類の中で最大級、全長九〇〜一〇五センチメートルくらいで、体重は四・二〜五・八キログラムほどもある。秋に家族そろって日本列島各地に渡ってくる。七千羽あまりとみられるその大半が豊栄市の福島潟で越冬するようだ。

繁殖地、つまりふるさとであるカムチャツカ半島までの、ある個体の帰雁の経過地点、日付を見ると、二月二日新潟福島潟。二月十五日秋田八郎潟・小友沼。三月十三日青森津軽平野。三月二十一日北海道長都沼。四月十六日北海道サロベツ原野。四月二十四日ロシアカムチャツカ半島ハイリユソバ川到着。さらに繁殖地は幅五メートルほどの蛇行するアナバ川周辺と追跡調査で判明したと記されている。渡ってきた彼らに「今日からは日本の雁ぞ楽に寝よ」と詠んだのは小林一茶。日本人がはるか昔から親しんできた雁の生活圏と渡りの行動が解明されてきて、雁といういきものに親しみといっそうの懐かしさを覚える。

花過ぎ

花すぎの風のつのるにまかせけり　久保田万太郎

花過ぎは花終わる、花の果などと同義である。この句の木はしだれ桜ではないだろうか。

今年の花は全国的に早い。桜前線は北上して、いまみちのくからさらに進み、遠からず松前など北海道の花も開くのだと思われる。桜前線というものは単純に南から北へと移動してゆくものではないことは分かっていたが、その事実をあらためて実感できたのは、先月の終わりに、遍路吟行で四国を巡ったときだった。

なんと三月三十一日、南国土佐宿毛の第三十九番、延光寺の桜は十分に堪能できたし、南伊予御荘町の四十番、観自在寺の桜は九分咲だった。それにもまして驚きかつ感動したのは、四国の山間部を埋めるおびただしい桜の木の数。その樹勢のすばらしさで、遠山桜もみちのくとは別のまことに趣のある景観を呈していた。

愛媛との県境に近い高知県高岡郡仁淀村は、茶どころでもある。仁淀川の朝霧につつまれて育つまみどりの茶畑が村の斜面を占め、その整然とした茶畑のほとりに桜の木が点在する。市川家の桜も立派だが、秋葉神社神官中越家のしだれ桜は幽玄である。個人の屋敷の一隅に二百年近い樹齢を保つ気品に満ちた花の木が生きている。この大樹を慈しみ守って来られた中越律翁は去年三月、九十三歳の天寿を全うされた。その年の花は淋しげに勢いがなかったという。今年の花はさんさんと朝日に輝いていた。律翁の新しい墓はすぐそばの斜面に日を浴びて花の木を見守るように建立されている。

楝の花

ひろがりて雲もむらさき花樗　　古賀まり子

楝の花は梅檀の花とも言い、樗とも書く。暖かい地方に自生する木と知って納得したのだが、私の育った北関東ではあまり見かけなかった。

気をつけてみれば、東京ではあちこちで出会えて、母の日のころの花として私は記憶している。

親友の染織家新垣幸子さんの工房を訪ねて、しばしば沖縄県石垣市にゆくが、さすが南島、この木が多い。彼女の庭の楝も、行くたびに幹は太くなり、丈高くなっている。

五十代の終わりから続けている四国遍路吟行でも、毎年必ず出会う。校庭や、札所道、山麓の民家の庭先などに高々と咲きひろがるこの花は、いまや私の心になじみ、深々と棲みついている。

札所ではないが、つい先日、愛媛県松山市道後の一遍上人誕生寺宝厳寺を訪ねた。庫裏の大屋根を覆うほどの大樹の、その花のたたずまいと芳香をたのしみに石段を上る。なんとしたことか、花は散り果て、はやくも実を結びはじめている。代わりに老杉に懸かる山藤の無数の花房が、あるともなき風をとらえて、青空を埋め尽くしていた。

跣で遊行する一遍の見事な木彫の全身像が祀られている本堂。その回廊に佇むと、文字どおり紫雲たなびくという景観である。ふと、「旅ごろも木の根かやの根いづくにか身の捨られぬ処あるべき」。上人五十一歳、淡州遊行の折の歌が浮かんできたりもする。むらさきという花の色は、それも高々と咲きひろがる花のいろは、平凡な人生を送る市民の心をとらえては大きくゆさぶり、果てしない旅へと誘うもののようだ。

筒鳥

筒鳥のはるかにこゑすまたはろか　　岸田稚魚

筒鳥によく似た鳥に時鳥と郭公がいる。時鳥の声を覚えたのは、疎開して暮らした那須の村で、昼も夜も啼きわたるその声を聴きとめると、大人たちが「ほととぎす」とつぶやく。それで小学生の私もその声になじんでしまったのだ。

郭公の声はずっと後になってから耳にした。みちのくを旅行した学生時代、石川啄木ゆかりの渋民村で文字どおり「カッコウ・カッコウ」と啼くその鳥を間近に眺めた。「うき我をさびしがらせよかんこ鳥　芭蕉」「親もなく子もなき声やかんこどり　蕪村」などの閑古鳥が郭公なのだと、その現場であらためておもい出し、姿と声を見届けて感激をかみしめた日が懐かしい。

そして筒鳥。子どものころにも村でその声は聴いていたはずだが、確かな記憶がない。聞けども聞けず、見れども見えずだったのだろう。

「おくのほそ道」二千四百キロの旅で、芭蕉のたどった出羽路、その山刀伐峠で聴いた声、眺めた姿が私の筒鳥体験の中でもっとも鮮烈である。男子学生の句友二人を連れて山道を登る。加藤楸邨の碑を読み上げていたとき、すぐ脇の木立の中から、「ポポ・ポポ」「ポポポ・ポポ」と聴こえてくる。「何の鳥ですかあれは」「筒鳥、筒鳥ですよ」と私が叫んだとき、その鳥はヒョイと眼の前の木の枝に姿を現した。青灰色の頭部、純白の胸毛には黒の横縞がくっきりと。ダンディだ。ぱっととび立ったが、今度は遠くの方から、「ポンポン・ポンポン」というその声が響いてきたのだった。

どくだみや真昼の闇に白十字　川端茅舎

ドクダミ科のドクダミが十薬である。さまざまな病気に効く薬草ということでこの名がある。梅雨に入るころから白い花びらが群れて波立つという記憶があるが、実際には私の小さな庭でも、例年五月の中ごろから白十字の花が浮き立ち、長く七月ごろまでたのしめる。

どちらかといえば、日陰を好むこの花の茎や葉には特有の強い臭気がある。そのため、どくだみ、十薬と聞いたとたんに顔をしかめる人も多い。残念なことだと思う。

地下茎をのばして、放っておいても毎年どんどん殖えるこの多年草、見れば見るほど美しい。私は初花の茎を切ってコップに挿し、机に置く。あたりの気が澄みわたる。水に透ける濃い緑の茎のすがすがしさ。ハート型の暗緑の葉をふちどるえんじ色、そのすべてに気品がある。実は花弁のように見えるのは総苞片で四弁の純白だ。苞の上の花序にびっしりとついている黄金色の細かな部分が本当の花である。

白い十字の苞が庭中にふえてくると、朝ごとに先端の白十字と葉と茎を切って空瓶などに挿し、冷蔵庫のポケットに入れる。信じられないほどの脱臭効果を発揮してくれる。さらに長年の習慣で我が家は朝風呂を立てる。こちらは長々と刈りとって十本から十五本、葉裏の泥などをよくよく洗い落とし、浴槽に放つ。十薬風呂のこのここちよさに勝るものを知らない。窓外の青梅雨に耳をあずけ、まみどりのハーブバスに四肢をのばす。十薬という庭の野草の恵みをたっぷりと満喫する時間である。

鮎

岩におく鮎のひかれりくらけれど　　横山白虹

鮎の川は日本各地にある。それぞれの川の鮎を自慢に思う心はふるさと讃歌でもある。私にとっての鮎の川は栃木県から茨城県を貫いて太平洋に注ぐ那珂川であった。六月一日の鮎釣り解禁日以後、香魚とも呼ばれるこの魚体はしばしば我が家の食膳にものぼった。繊細な鱗に覆われた黄味を帯びた暗緑色と銀白色の体色のひかりは清楚で印象的だ。

川魚の王と賞讃される鮎の美味がこの身に沁み渡った日、私は成人してはじめて日本酒を口にした。釣り上げて間もない鮎に化粧塩をして、炭火で焼き上げたものを前にして、ゆっくりと地酒を含む壮年の父の姿を長らく眺めてきた私にも鮎のわたの香気・渋味・苦味を味わえる能力が備わってきたのだと思えてうれしかった。以来、私は鮎党のひとりとなって年を重ねてきている。大学を卒業し、勤め人となって、各地に出張という旅をする機会に恵まれた。さらに俳句を作る者として、可能な限り季語の現場へこの身を置くことを心がけ、夏は鮎ののぼる川、秋は落鮎の川を巡ってきた。ゆくほどに、日本列島各地にダムや堰が造られ、合成洗剤その他の生活排水で川は汚れ疲れきっていた。いつしか養殖の鮎がほとんどとなり、天然の鮎は希少価値となっている。

横山白虹のこの句は昭和十三年刊の句集『海堡』に収められている。日本列島のすみずみを旅しつつ、近ごろ私はしばしばこの一行を思いうかべる。この鮎のひかりはこの世のどんな光よりも美しい。

夏の蝶

乱心のごとき真夏の蝶を見よ　阿波野青畝

不思議なことである。一行の俳句が五十年以上も昔の時空に私を連れ出し、そこに立たせてしまう。

小学校に入学してはじめての夏休みを私は過ごしていた。空襲のない南那須のその村を、大人たちが往還と呼ぶ白い道が貫いていた。たいていの家はその道のほとりにあった。疎開の一家である私の家族は、農家の空き家を借りていた。家屋と往還の間には庭畑が広がっている。割竹の支えに結ばれた枝には大小のトマトがなっていた。現在のようにすべすべと丸く全体に紅色のゆきわたったきれいなトマトではなく、色づいた赤い部分と緑色の部分が入りまじったゴッゴッと波立つかたちの野生的なトマトである。

手を触れると、太陽の光をため込んだように熱かった。濃い緑色の枝や葉っぱにはねばり気がある。そのとなりは南瓜畑。大きく育った南瓜が土に埋もれないようひとつずつに藁がたっぷりあてがわれて敷いてある。かがむと藁の匂いとお日さまの匂いがして、子どもの心を優しく落ち着かせてくれる。戸口を背にして、旅人のようにひとり往還に出る。人影もない。右に行くか左に行くか。左にきめて歩きだす。石を蹴ったりしながら進むうしろから、はたはたとやってきたまっ黒の蝶。大きな影が私を追い越してゆく。その蝶を追ってもう一羽。森閑とした村の真昼。双蝶の乱舞。黒揚羽という蝶の呼び名も知らなかったが、私はただじっと見守っていた。その日から十日あまりのち、ほんとうに戦争が終わった。

蜩

暁の蜩四方に起りけり　　原石鼎

かなかなと鳴くこの蟬の声は涼やかで美しい。朝方や夕暮れに響くその声は、追憶の回廊をゆく時間へと人を誘ってもくれる。

しかし、暁の蜩または暁蜩と呼ばれる時間にこの蟬がいっせいに鳴くその声は、想像を絶する激しさで、山国などで、その大合唱に見舞われると、どれほど熟睡している人でも、到底横になどなっていられない。その迫力は体験したら、生涯忘れられない程のものである。

晩夏から初秋に鳴くことが多いので、蜩は初秋の部に入っている。しかし、梅雨蜩という季語もあるように、実際に初蜩は七月早々に聞くことが多い。

あれは筑波山の中腹の宿に泊まった七月半ばのこと。突如、得体の知れないすさまじい音量に全身がつつまれ、その音の洪水で畳に敷きのべた床から、身体が浮き上がる感覚にとらわれ、夢中でとび起きる。カーテンを引くと、日の出前の森の暗さである。暁蜩と気づくや、一期一会の季語の現場、そのただ中に身を置くありがたさに合掌したくもなる。布団の上に正座してひたすら耳を傾けた。暁闇の四時ごろから、その天地をとよもす大合唱は声明のように、とぎれることなく続き、およそ三十分ののち、ピタリと止んだ。

この八月八日、立秋の日、沼津御用邸記念公園で句会を開いた。東附属邸の学問所が集会室として、市民に開放されている。松籟に耳をあずけた句座の果てるころ、夕日に染まる沼津垣にひびかうように鳴きだした蜩。その水のように透明な音色はまぎれもなく秋の声であった。

星月夜

吊したる箏に秋の星ちかく　波多野爽波

秋は月も美しいが、星もまた美しい。星月夜という季語に出会うと、日本列島の各地で仰いだ星空が浮かび上がってきて、旅心を誘われる心地になる。それればかりではない。「これはほしづくよとも読むのよ」とほほえんだ若き日の母の声、その縞の着物の色や手ざわりまでよみがえってきたりもする。

忘れがたいのは、出羽三山神社羽黒山斎館に泊まった夜だ。手を挙げれば、ザクザクとひしめき合って輝く星のひとつひとつに触れられそうだ。紅葉のはじまっている雄大な三山の気に招かれるままに、月山八合目を経て、湯殿山参籠所にも泊まる。天にもとどくばかりの巨大な大鳥居に降りかかる星の数。目がなれてくると、かなりの頻度で星が飛び、尾を引いて流れてゆくことにおどろき、飽かず眺めていた。

首都圏に住み、長らく東京で働いてきたので、職場を離れたいまを大切に、子どものころからの夢であった「ほしいままに旅をする」日を重ねている。日本のすみずみ、なるべく不便なところ、交通機関に恵まれていない場所をめざして出かけてゆく。

つい先日、処暑の翌々日に、「歳時記のふるさと　奥会津全国俳句大会」の講師として、親しくさせていただいている伊南村の馬場移山子先生のお宅に泊めていただいた。「会津」主宰の先生は九十一歳、夫人八十八歳。俳句を作るご子息とお嫁さんに守られ悠々自適の毎日。旬の地のものの手料理の美味。俳書その他万巻の蔵書に目を奪われる広々とした日本家屋。その村を覆う満天の秋の星座。

秋の日

戦死報秋の日くれてきたりけり　　飯田蛇笏

秋の日は秋の一日に対しても、秋の太陽にも言う。秋の暮にもまた、秋の夕暮れと暮の秋両方の意味がある。日本語の面白いところだ。

蛇笏のこの句は、長子の戦死報を受けとった、その折の作品。これほどこころをゆさぶる一行も少ないのではなかろうか。常にもましてものを思うことの多い秋の日。その一日が暮れて、甲斐の山々が夕闇に沈みこんでしまった。その知らせは、そんな季節のそんな時刻に父親の許にもたらされたのである。

若いとき、この句に出会った。世界最短の詩型である俳句は、沈黙の詩なのだということを知らされた。秀句は説明や解説と無縁なのだという具体例をまのあたりにした。秋の日くれてきたりけり。この十二音字にこめられた作者の慟哭に打たれ、俳句という十七音字は、どんな長篇にも勝る深さと広がりを持つ器であることを教えられたのだった。

去る九月二十三日(秋分の日)、市制百年を迎えた佐世保市で、NHK全国俳句大会が開かれ、十三人の俳人の聞き手を私がつとめた『証言・昭和の俳句』(上下巻　角川書店)という本の周辺を、一時間ほど話させていただく機会に恵まれた。会場を埋めた五百余名の聴衆は、おそらく戦時体験を持つ年代の方々ばかりであったと思われる。共感を寄せてくださった。

帰路あおあおと凪ぐ大村湾に、巨きく浮かび、沈んでゆこうとしている秋の夕日に出会う。息を呑むほどに鮮烈なその落日は、熟れ切ったほおずきの色。車中で、なぜか私はこの一句をくちずさんでいた。

新蕎麦

酒のあらたならんよりは蕎麦のあらたなれ　正岡子規

高浜虚子選『子規句集』をみると、この句は明治二十九年に作られている。子規は「新酒」の句に分類しているが、次に並ぶのが「北国の庇は長し天の川」、その次が「稲妻に心なぐさむひとやかな」の句である。新米で造る新酒ができあがるのは、おおむね年を越してからのこと。「新酒」と「新蕎麦」、二つの季語の詠みこまれたこの句を、晩秋の句として、ここにとりあげるゆえんである。

正岡子規（一八六七〜一九〇二）は、三十五年間の生涯を十全に生き尽くし、知れば知るほど驚くべき多彩な文学活動を行った。全集も何度も刊行されている。没後百年のこの秋には、伊丹市の柿衛文庫で、「関西の子規山脈」という見ごたえのある特別展が開かれている。晩年の四大随筆「墨汁一滴」「病牀六尺」「仰臥漫録」「松蘿玉液」は岩波文庫でも読める。なかでも、「病牀六尺」はこの四月刊行時点で五十三刷である。結核という病苦の床から、時代を先導し、死の二日前まで希望と好奇心を失わなかった人の言葉の力だ。

この句をみて、蕎麦に目のない私は、正岡子規という人をいっそう身近に感じた。俳句列島日本はまた蕎麦列島でもある。山形県村山市の「あらきそば」、会津若松市の「桐屋」、京都東山三条の「なかじん」、奈良市の「玄」などなど。碾きたて、打ちたての、あの何ともいえない香気とともに、それぞれに個性的な店の主人の顔が浮かんできて、すぐにでも出かけてゆきたくなる。

酉の市

たかだかとあはれは三の酉の月　久保田万太郎

十一月の酉の日（昔は陰暦であった）に各地の鷲（大鳥）神社で行われる祭礼である。最初の酉の日を一の酉といい、順次二の酉、三の酉と呼ぶ。年により二の酉までしかないこともあるが、今年、平成十四年は十一月二十五日が三の酉に当たっている。俗説であるが、三の酉まである年は火事が多いと言う。

もっとも有名な酉の市は、東京下谷龍泉寺町の鷲神社で、大変な人出となる。台東区千束と地名が改められた現在も、開運・商売繁盛の神として、庶民の信仰を集め、観光客も多い。参道にひしめく露店は、縁起物の大小の熊手を飾り立て、灯の海のその波間から客に呼びかける。もともと熊手は福を掻きこむという縁起物。その上にさらにおかめの面、宝舟、大判、小判、千両船などが加え飾られていよいよ華やぐのである。

私も毎年のように、結社の仲間と打ち揃っての、この下町情緒あふれる酉の市吟行を重ねてきた。最後の集合時間と場所を決め、各人自由に句作のために散る。きらびやかな冬の夜の空間を存分に歩き回ることにしているのであるが、なぜか毎年必ず句友の迷子が出るのである。灯まみれの露店や土産物店をのぞきこみ、屋台で何かつまんだり、お酒をいただいたりする。

句帳にペンを走らせつつ、ふと見上げると、廣重の浮世絵さながらに冬の月が中央に照り渡っている。仲間を忘れ、ひとりでゆっくりと見知らぬ人の群れにまぎれこんでゆく時間こそ、酉の市の醍醐味なのかもしれない。などとも思う。

冬の虹

あはれこの瓦礫の都冬の虹　　富沢赤黄男

赤黄男は明治三十五（一九〇二）年、愛媛県西宇和郡保内町に生まれた。本名は正三、父は医師、その長男。医業を好まなかった正三は、早稲田大学政治経済学部を卒業。大学生のころから、「渋柿」の知人たちと俳句を作り、郷里に戻ってのち、蕉左右と名告って、「ホトトギス」に投句したりしている。

昭和七年、俳号を赤黄男と改め、十年、日野草城が「旗艦」を創刊主宰するや、新興俳句運動の中心的指導者草城の下での本格的活動を開始する。

昭和十二年、日中戦争開始、召集されるが病気のため召集解除。十五年、ふたたび動員令を受けて中国各地を転戦中、マラリアにかかり、小倉陸軍病院を経て善通寺の病院に転送される。そして、この年、いわゆる「京大俳句」事件が起きる。治安維持法違反の嫌疑のもとに、新興俳句運動に加えられた国家権力による弾圧というあってはならない出来事。草城も「旗艦」から身を退き、俳壇からも退いてしまう。

昭和十六年、赤黄男の第一句集『天の狼』刊行。その直後、太平洋戦争勃発。ふたたび動員令が下り、北千島、占守島の守備につく赤黄男。十九年三月帰宅、しかし翌二十年四月には空襲で焼け出されてしまう。戦争はかくまで市民を苦しめる。この句は当時の東京を詠んでいる。しかし、二十一世紀を迎えた今日、瓦礫の都はこの地球上の各国に出現している。詩人は、いやすぐれた俳人は予言者であることをつくづく実感させられる。

炬燵

風狂を募らす雨と炬燵かな　　金子兜太

古くから庶民に親しまれてきた炬燵。その句もいろいろとある。

住みつかぬ旅の心や置火燵　　芭蕉

寝ごころや火燵布団のさめぬ内　其角
ほこほこと朝日さし込火燵かな　丈草
真夜中や炬燵際まで月の影　去来

家庭用の暖房器具やシステムも開発が進んでいる。炬燵などという古くさいものはもう要らないという生活が主流になっていることは十分に理解している。しかし、私は将来も含めて断然炬燵党である。一間だけある畳の部屋には炬燵専用の炉が切ってある。ここに櫓をのせるのは立冬のころだ。赤や緑がふんだんに使われた子ども用の昔の着物をほどいて、姑が仕立ててくれた炬燵布団をその上にふわりと広げる。そこに欅で作ってある真四角の厚板をのせると、冬専用の書斎ができる。ふっくらと大きめの座布団に腰を落ちつけ、電気ヒーターを埋めこんだ炉の縁板にゆったりと脚をおろす。CDを聴きながら本を読み、句を選び、原稿を書く。ゆっくりと中国茶を喫んだり、手紙を書いたり、もちろん句を作ったりもする。

派手な炬燵布団の上に、数多いコレクションの中から、手ざわりのある好みの布を選んで掛けひろげる。インド更紗のベッドカバーであったり、バングラデシュの手のこんだ刺子のビッグショールであったり。その色と柄、手仕事の布の風合いをたのしむ。

その昔、両親と兄弟姉妹が肩寄せ合った炬燵にも弾けるようなよろこびがあったが、仕事に打ちこむひとりの静かな炬燵もまた味がある。

寒明け

寒明くる闇の宇宙は闇のまま　　三橋敏雄

小寒から大寒を経て、節分までを寒中、寒の内といい、その果てが寒明けである。それはつまり立春であって、日の光もぱっと明るくなるが、心持の上でもほっとして、胸がひろがる思いがするのだ。三橋敏雄のこの句は、おおよその寒明けの例句とは別世界を見つめている。闇の宇宙とは何であろうか。問いかけられた読み手それぞれに句の鑑賞は委ねられている。ちなみにこの作者の春の句を制作年代別に挙げてみる。

晩春の肉は舌よりはじまるか
鈴に入る玉こそよけれ春のくれ
尿尽きてまた湧く日日や梅の花
行かぬ道あまりに多し春の国
あの家の中は老女や春げしき
汽車よりも汽船長生き春の沖
大正九年以来われ在り雲に鳥

山国の空に山ある山桜

平成十三年十二月一日に八十一歳でこの世を発ったこの作家が、生前に発表した自選五十句から選んだ。早くも昭和十年には新興俳句運動に共鳴して句作を始め、渡辺白泉、西東三鬼に師事。「戦火想望俳句」で山口誓子に激賞される。戦後は日本丸などに乗船しながら作品を発表。古典俳句研究や無季俳句の可能性を追求した。

晩年の十年あまり、私は毎月一度、東京でこの作者と句座をともにする機会に恵まれた。作品に対する厳密な態度とは打って変わって、連衆に対しては、権威性のかけらもない、平等かつ柔軟、慈愛に満ちたふところの深い大先達。小田原から新幹線で来られ、会費も均等割で支払われた。その人を想えば、東風につつまれてゆく。

諸子

湖に今日を惜しめば諸子の酢　森澄雄

モロコと名のつくコイ科の淡水魚は、ホンモロコ、タモロコ、デメモロコ、スゴモロコなどいろいろと多い。しかし、琵琶湖周辺で諸子として、別格の扱いをされているのは何といってもホンモロコであって、素焼き、佃煮などにして、その独特の味わいが珍重されている。

体長は七、八センチほどだが、十センチを越すものもある。冬の間は湖の深部で生活していて、春先に湖岸にやってくる。産卵のために、群をなして接岸する諸子は釣り人のこころを躍らせるものであると同時に、春を告げる湖の幸として人々に待たれている食材であったが、近年めっきりとその数が減ってしまったようだ。まことに残念なことである。

北関東に育った私は、諸子の味など知ることもなく過ごしてきた。

四十歳を過ぎて、瀬戸内先生に嵯峨野寂庵の句会の講師として招かれ、毎月かかさず京都にゆく機会を与えられた。定期的に関西に足を運ぶうちに、この湖魚の美味を知る幸運を授かった。

筏踏んで覗けば浅き諸子かな　高浜虚子
くづさずにそつと焚かうよ初諸子　松瀬青々
火にのせて草のにほひす初諸子　森澄雄
比良ばかり雪をのせたり初諸子　飴山實
湖の茜諸子を煮詰めをり　茨木和生

などの句のよろしさを、たっぷりと堪能するよろこびを知った。日本は俳句列島、季語の宝庫である。歩いてゆけば人に出会い、味覚や歴史に出会う。さらにその土地で詠まれた秀句に出会う、それもまた旅の大切な愉しみである。

桜鯛

けむり吐くやうな口なり桜鯛　藤田湘子

近ごろは歳時記にもカラー写真が多用されている。電子辞書で季語を引くと、映像も出てくる。しかし、実物にじかに出会うよろこびにまさるものはないと考える。

桜鯛、なんて豪華な、そして美しい季語と憧れていた。しかし、桜鯛に限らず、鯛という魚そのものにも、私は親しむというほどの暮らしをしてこなかった。北関東育ちで、学生時代からは東京に出てきたけれど、本物の鯛、そんな高級な食材には無縁な暮らし。若くて元気なときは、「鯛より肉」と考えていたこともある。

鯛のおいしさを知ったとき五十代になっていた。京都祇園の「川上」で、句友でもある主人の松井さんの包丁による鯛の料理をいただくようになってからのことである。カウンターに座って、この人のその手際を眺めている時間は極上の音楽を聴いているようで、幸せな気分になる。

私の一回り上の寅年のこの著名な料理人は、いま話題作をつぎつぎ発表している時代小説作家の松井今朝子さんの父上である。映画・歌舞伎・音楽・美術にくわしく、昔も今も休日はその鑑賞のために使いきる人だ。

それればかりではない。この人は七十の年に発心した「おくのほそ道」を辿り巡る旅を、ここ五年間の夏休みをフルに生かして、満行とした。ゆくさきざきで句を詠み、味覚を探りスケッチをした。コンピューター・グラフィックスによるその絵画展を、この四月十日から祇園の画廊で開く。まさに桜鯛の季節。都おどりの花の春。七十七歳喜寿の人の旅の記憶は豊潤なはずだ。

紫木蓮

戒名は真砂女でよろし紫木蓮　　鈴木真砂女

平成十五年三月十四日、真砂女さんはこの世を発たれた。満九十六歳。俳人として完全燃焼を果たされた大往生である。

私は二十二年前からこの大先達と友人としてのつき合いを許されてきた。真砂女さんと呼ばせていただく理由である。掲句は俳句を作る人々はもちろん、ひろく一般に知られたこの作家の代表作である。真砂女さんの第七句集『紫木蓮』に収められている。『紫木蓮』は蛇笏賞に輝いた生前最後の句集であるが、集中の諸作にはとりわけこの作家の人生観が色濃くにじんでいるように思われる。

蜆汁死よりも老いを恐れけり

締切りの迫る目刺を焦がしけり

神仏に頼らず生きて夏痩せて
祈ること知らぬ女に星流れ
着ぶくれて晩年にして無為無欲
よく遊びよく働きし年送る
六月や家出のごとく旅支度
働いて働いて死ぬか火取虫
長生きも意地の一つか初鏡
得しはひとつ捨てしはあまた柳箸

こうして十句を抄出してみると、この作家の句の世界は誰にでも分かる。むつかしい言葉や難解な表現はどこにも見られない。いずれも腹の据わった堂々たる句であって、リズムと調べがよく、何よりも切れが明確。女性的な句というより男性的な句という印象すらある。

通夜、告別式は文京区の護国寺で行われたが、喪主は一人娘で文学座女優の本山可久子さん。神仏に頼らず生きた俳人にふさわしく、お坊さんも神主さんも牧師さんも来ない。瀬戸内寂聴さんがかけつけられ、思い出をたっぷり語ってくださった。

飛魚

飛魚の愉しさ波におぼれ行く　河野南畦

飛魚の大群とともに旅をした。そんな体験をした日のことは、年月が経つほどに記憶が鮮明になる。沖縄の宮古島から小舟に乗って池間島までの日帰りひとり旅。現在のように橋が架かる以前のことである。乗客は五、六人。ござを敷いた舟の底に団扇が何本も置かれていた。乗客はみな地元の人で、乗船の目的ははっきりしているようだ。私は民放のテレビ番組の制作に立ち会うために、東京から出張でやってきた広告会社の番組プランナー。しばらく宮古島に滞在していて、休日を使ってひとりで出かけたのだ。

舟が進みだすと、紺青の波間を切って、ぽんぽんと前方へ飛ぶ魚体の数。つばめ魚とはよく言ったものだと感心していると、一斉にまるで舟の両脇を護り固めるようにその飛翔は休みなく続く。

さらに頭上すれすれに過ぎてゆく羽音は、まぎれもない、鷹の仲間の刺羽である。九州の南の地域で冬を越すために移動するとは聞いていたが、間違いはない。その先陣の渡りなのであると直感できた。一期一会のめくるめく季語の現場。そのただ中に身を置いて興奮がしずまらない。

池間島に上陸すると、紹介された人を訪ねる。中学生の娘さんがぐるりと島を案内してくれた。ウタキの森を過ぎ、再び船着場へ。近くに鰹節を製造している作業場があった。のぞいていると、日焼けした主人が現れ、木の椅子をすすめてくれる。煙草に火を点けたその人と並んで、沖に崩れ継ぐ入道雲を眺めていると、帰りの舟がぐんぐんと近づいてきた。

万緑

万緑や死は一弾を以て足る　上田五千石

万緑という言葉を季語としてはじめて使ったのは中村草田男である。

万緑の中や吾子の歯生え初むる

と詠んだ一行は草田男の代表句として、句集のタイトル、結社誌の名前ともなった。そして

万緑やわが掌に釘の痕もなし　山口誓子
万緑を顧みるべし山毛欅峠　石田波郷
万緑に蒼ざめてをる鏡かな　上野泰
万緑のおのれ亡き世のごとくかな　岸田稚魚

などの句が作られた。

冒頭の句は五千石青年時代の代表句であるが、一貫して縦横無尽の活躍をつづけ、俳壇のリーダー

としてひろく親しまれていたこの作家が、働きざかり仕事ざかりの六十そこそこで急逝したとき、この一行を思い浮かべなかった俳人はいなかったと思う。

ところで、私のこころに棲む万緑の景、イメージの基盤は、生まれ育った関東地方のそれであった。しかし、すでに六十四年ほど生きてきたが、この二十年あまり、私の国内の旅の範囲、行動半径はそれ以前のものと比べものにならないほどに拡大している。

俳句作者の旅は、都市部よりも山間部、周縁部をめざす。とりわけ最近の十年ほどは関西以西、四国や九州に出かけることが多くなり、同時に東北・北海道にも出かける。つまり、心がけて日本列島のすみずみを吟遊するようになって、万緑の景観もその風土と植生により、ずいぶん異なることを知った。現在は各地特有の万緑をじっくり味わう愉しみを嚙みしめている。

羽蟻

羽蟻舞ふやさしかりしは祖母のこゑ　　飯田龍太

初夏から盛夏にかけての交尾期に、二対の翅を生じたアリ類とシロアリ類の雌雄が羽蟻である。交尾の相手を探すために飛び立ち、飛行が終わると翅は脱落する。

羽蟻の飛ぶその翅音は決して大きなものではないが、私たちはその音をたしかにききとめている。

羽蟻の舞う気配を感じとっている。なつかしさと、すこしかなしさのまじったようなこころもちが羽蟻の姿を見ると呼び起こされるのは何故なのだろう。不思議だ。

さらに、なぜか私は近ごろ、祖母のたたずまい、祖母の暮らし方、祖母の慈愛の記憶をおもい起こすことが多く、そのたびに涙があふれそうになってくる。我が家には子どもがいない。孫もいない。祖母という立場になることのないその分だけ、私には祖母と暮らした高校時代のわずか一年をめぐる季節ごとの情景がいよいよ鮮明によみがえってくるような気がする。

この祖母は私の母の母であるが、私を一人前の人間として扱い、のびのびと過ごさせてくれた。同級生のように平等に、大切な親友としてつき合ってくれた。質素ながら、毎日の献立に心を配り、黒髪は大切にせねばと、布海苔をといて、ていねいに洗ってくれた。大学受験のラジオ講座が始まると私の机の足下の畳に端座し、私の眠気をさとるや、パッと渋茶の湯呑をくれる。叱ったり、怒ったりしたことは一度もなく、真向かえばお日さまのような笑顔を、いつもさし向けてくれる。そんな無類の人なのであった。

浜木綿

大雨のあと浜木綿に次の花　飴山實

浜木綿はヒガンバナに近縁なのだという。浜おもとともも呼ばれる。この花は、房総半島から外海沿いに山口県、九州、沖縄県まで分布していて、分布域の北側をつないだ線は年平均気温十四度、または最低気温マイナス三・五度の等温線に一致する。ハマオモト線と呼ばれるゆえんである。

山国に育った私は、万葉集などに詠まれているこの花に長らく憧れていた。五島列島を訪ねたとき、いたるところにこの花が咲いていて、飽かず眺めた。福江に滞在して散歩をしていると、海辺のある集落では申し合わせたように、どこの家も戸口の付近にこの花の株がある。門構えの代わりのように、戸ごとに必ず白々とこの花が風に吹かれていた。

人影を見ない島の道を、あてもなく歩いてゆくと、いい香りが流れてくる。浜木綿は夕べの星がまたたきはじめるころ、その芳香を強めるように思われた。

山口青邨先生も、雑草園と名付けられた自庭にこの花を育てておられた。房州からもらってこられたその浜木綿の花の形は百合によく似た種類。純白のそのラッパ状の花弁の輝きは、またとない美しさであった。

ある年、勤務先から直行して、一夕雑草園の浜木綿で二十句作らせていただいたことがあった。怒濤のように打ちひろがる暗緑色の葉の大株の根方には蚊遣香が焚かれていた。お座敷に上がる。レースの卓布を掛けた座卓の上に、角川の図説大歳時記の浜木綿のページが拡げられ、原稿用紙と鉛筆も静かに置かれてある。夏座布団がここちよかった。

西瓜

ありあまる時間の中を西瓜冷ゆ　　和田吾朗

西瓜ときけば、深井戸を思いだす。とつぶやいたところ、「古いですねえ」と言われた。「古くたって大切な記憶なんですから」と答えつつ、私はたちまち父の生家の、あのひんやりした背戸の井戸端にたっていた。

井戸の縁にしっかりつかまってのぞきこむ。編み込むように縄でくくり上げた大きな西瓜が吊り下げられて水面に浮かんでいる。あの縄は麻であったといまにして気づく。

夏休みである。蟬が啼いている。黒揚羽がゆく。どこかでにわとりも鳴いている。やがて縄はするすると引き上げられ、冷えた大西瓜がまな板の上に据えられる。子どもたちの見守るなか、叔母が包丁を当てる。熟れた西瓜はてっぺんに刃が入った瞬間、パリンと縦に割れてゆく。半分の西瓜をさらに二つ割りにして、三センチほどの厚さに切りわけてゆく。染付の大皿に盛られた三角形の西瓜を、一切れずつ手渡されてかじる。

大人たちは塩をちょっとつけたりしている。甘い赤い汁がしたたり落ちる。土間にこぼれた果汁には蟻がやってくる。その蟻の列をじっと見下ろしながら、赤い部分がなくなって、皮と白い部分しか残っていないところまで、ゆっくりとかじってゆく。一切れのときもあるが二切れもらえるときもある。何切れ食べられるかは、その場に居合わせた人の数によった。
あの日から、私の西瓜好きは高じてゆくばかり。しかし、夫婦ふたりだけの暮らしでは、丸ごと一個の大きな西瓜は買えない。残念である。

野分

またの世も野分のごとき我ならん　　暉峻桐雨

桐雨は暉峻康隆先生の俳号である。満九十三歳になられた一昨年の春、先生は万朶の花の東京を匆然と旅立たれた。その没後に、『暉峻康隆の季語辞典』（東京堂出版）、『酒仙学者　桐雨句集』（小学館スクウェア）が刊行され、ともに版を重ねているが、生涯現役を全うされた先生ならではのことである。

早稲田の卒業生でもない私を、先生は句友のひとりとして、文字どおり平等に扱ってくださった。文音による両吟歌仙で手ほどきをしてくださってのち、しばしばお声をかけてくださって、桐雨宗匠捌きによる歌仙の座に遊ぶ至福の刻をも惜しみなく体験させていただいた。

「季語の現場に立つ」ことを発心して各地に出かける私の行動を、誰よりも支持してくださった先生の「往け！　韋駄天」などというお葉書も残っている。三十歳年長の大先達からお教えいただいたことは数えきれないが、「仕事には十年単位でとり組む」「俳句しか作れぬ人間にならぬこと」「何ごとも自分の眼と心でたしかめる」などのほかに、日本酒のいただき方も叩きこまれた。「あなたも年である。上等の酒を、常温で、上品に」というもの。上品にのこころは「タダ酒はつつしむべし。顔付きが下品になります」。五十歳以後、私は桐雨宗匠三原則のこの三Jを実践してきた。大隈講堂でのお別れ会で先生の辞世が発表された。

　さようなら雪月花よ晩酌よ

平安の「和漢朗詠集」の詩に曰く、「雪月花ノ時ニ最モ君ヲ憶フ」との前書に続く一行。まこと桐雨宗匠の句であると合掌をした。

Ⅳ　わが街わが友

わが街わが友

本郷

本郷に暮らしていた両親の第三番目の子として、五人きょうだいのまん中に生まれた。戦時疎開で六歳の秋からは栃木県に移住、高校卒業までを県内で過ごしたのであるから、正確には本郷育ちとはいえない。しかし、本郷ときけば心が騒ぐ。胸が灯る。年を重ねるごとにこの感情は強まってくるようだ。

博報堂で「広告」編集室長という役割をいただいた日、東京に仕事場を持とうと思った。不動産会社の担当者に、本郷という地名のところを探してと頼む。案内されて、「ここにします」と言いきるまで一分とかからなかった。東大赤門ななめ前、机の前の窓から安田講堂の大時計が見えるから、時計も要らない。キャンパスの緑を見下ろせるので目にもいい。

すぐそばに文京一葉忌を修する法真寺がある。その昔、伊川浩永住職のご好意で、二階の客間を無料で借りて女性たちの勉強会「落鱗塾」を続け、さらに編集者、ライターを中心とする「東京あんず句会」も定期化していた。この句会の発起人幹事に柳原和子、久田恵。メンバーに島崎勉、大久保憲一、下中美都、柿内扶仁子、田原秀子、上林武人、林渡海、橋本白木、瀬谷藤子、出井邦子、土肥淑江、曽根新五郎、佐山辰夫、片柳治さんほか名前を挙げきれないすぐれた人々が花の雲のごとく参集された。現在、俳人などという肩書でどうやら仕事をしていられるのは、この句座の連衆から与えられた有形無形の教え、授けられた「気」のおかげだと思っている。

「落鱗塾」の事務局は終始私がつとめたが、代表は増田れい子さん。筆一本での女性の自立を発心した大先達、樋口一葉が幼少時にこの寺のほとりに住んだという事実をなつかしみ、さまざまな分野の専門家を毎回招いては活気のある学習会が重ねられた。中村桂子さんもゲストスピーカーのその一人だった。文京一葉忌の縁で親しくなったのは森まゆみさん。この人の縦横無尽の活躍ぶりはいま見るだに胸がすく。

高円寺

中央線高円寺駅前はすっかり変わっていた。北口に出て、左にゆく。狭い道を進んでゆくと、なつかしの中通商店街にぶつかる。そこをこんどは右に折れて進む。パールという映画館があって、などといえば年が知れる。ともかく、変わり果てたような、いや昔のままのような。キョロキョロしながら、いい匂いのする焼きとり屋の前の竹床几にちょっと座らせてもらって一服。

さてとまた歩きだすと、ありました。「陶寿苑　大河原」の看板が。医学部の兄、東京女子大生の私、栄養大学の妹の三人で大河原家の所有する店裏の新築のアパートを借りて暮らしていた。大河原家の長女、光塩女学院に通っていた巳美子さんを私が、弟の現当主、友之さんを兄が家庭教師もっとめさせてもらっていた。勉強が一段落すると、希望を聞いてからお母さんが天津めんとか五目中華そばをとってくださる。それがたのしみだった。

電話がかかってくると、いちいち誰かが呼びにきてくれる。ずいぶん長話もしていたのに、お店の誰もいやな顔ひとつされなかった。

すっかりモダンになった店内の奥の方に友之さんの奥さんらしい人の姿が見えた。店の先を左に折れると、昔のままだ。アパートもリニューアルされていたが、そっくり残っている。向かい側のお屋敷もそのまま。夢の中の川をさかのぼってゆく心地がした。

昔もあった角のパン屋でメロンパンを買ったりして、また駅に戻る。二束百五十円だけど、三束二百円にするよといわれて、地物のほうれん草をもらう。当時、我が家はデモ学生の巣窟。私は安保鍋と呼んでいた豚の三枚肉とちぎったほうれん草の水たきを連日作っていた。七味を振りこんだ大根おろしに生じょう油でいくらでも食べられた。

文芸哲学書専門の「都丸」支店に入ってホッとする。欲しい本があまりにも安いので宅配便にしてもらう。住所をみて、あごヒゲの若い店主が「僕も市川にいました」とニッコリしてくれる。

お茶の水

自転車から私をおろした兄は、大人ぶって腰に手を当てて、しばらくその木の枝ぶりを眺めていたが、幹にからだをもたせかけ、右腕をぐっと伸ばすと、花とつぼみをびっしりとつけている枝を折りとった。つづいてもう一枝。桜の枝を私に抱かせ、兄は自転車をひいて道を渡り、病院の玄関に着く。一本ずつ花の枝をさげて兄のうしろから部屋に入る。「おみやげ」と兄が花の枝をかかげると、花びらが母の黒髪にこぼれた。

春の日射しがあふれる清潔なベッドの上に、ガウンをまとった若い母がほほえんでいた。兄に手招きされて、ベッドに沈みこむように昏々と睡っている赤ん坊をのぞきこむ。「誰に似てるの」とつぶやくと、母が「さあ、モモちゃんかもしれない」と答えながら、私の髪をなでてくれる。全員三つ違いの私のきょうだいは五人とも順天堂医院でこの母から生まれた。本郷元町一ノ七。のちに内科に転じたが、歯科医院を開業していた父のもとで、看護婦さん、お手伝いさんたちと大勢のにぎやかな暮らしだった。

末っ子のこの弟が生まれてまもなく兄は学童疎開、母と私と妹と赤ん坊の弟は縁故をたよって、兄の疎開した栃木県北部の芭蕉ゆかりの城下町黒羽に移住。だから、あのときは、昭和十九年の四月で、兄は小学三年生、私は五歳だったのだ。お茶の水が格別私に親密な駅となっているのはこの順天堂病院、そして兄と桜狩をした記憶が重なるからだ。私は産後の母に崖っぷちの染井吉野の枝を届けようと思い立った幼い兄をいまも尊敬している。桜を見ると、あの日の兄の行動の一部始終を心の内になぞり懐かしむ。

御茶ノ水駅は、その後の私の人生にとっても大切なところ。この駅で乗降を重ねつつ、三十七年四か月という長い歳月、私は神田錦町の博報堂で働かせてもらった。今年母は九十四歳。医師となった兄と弟に守られて、今年の花を待っている。

池之端

ＪＲ上野駅で降りる。公園口に出ると、たのしい予感がしてくる。文化会館のロビーを抜けて近代美術館の前をゆっくりとゆく。春の森の小径をたどって、百千鳥の声を身に浴び、噴水のあたりに出る。ベンチに座って春風に吹かれ、博物館前にゆく。車道を左に折れて進むと、東京芸術大学に着く。左手に大きなこぶしの木。例年見事な花をつける。近ごろ美術館ができてキャフェテリアもある。

桜のころのこの空間はすてきだ。通りの反対側は音楽学部。滝井敬子先生がおられるので、奏楽堂のコンサートにもしばしば伺う。上野の山の星空、月のよろしさは格別だ。通りをさらに進めば和菓子の桃林堂につき当たる。料理研究家の故阿部なを先生としばしば待ち合わせをしては能や歌舞伎、伝統工芸展などにご一緒したところ。右手にゆけば寛永寺。私はたいてい左に進む。どんどんゆけば五条天神下。石段をのぼって「健康を守ってください」と拝む。

道をわたって不忍池に出る。この水辺の景は句材になる。雪の日もいいし、春夕焼も豪華。芦の芽、青芦、枯芦、よしきりの遊び場。蓮の浮葉、青蓮、蓮の花、蓮は実に、蓮の実とぶ、破蓮、枯蓮。水鳥の宝庫。鴨、都鳥、かいつぶり。渡ってきてみなまた帰ってゆく。桜も多いから朝桜、夕桜をたのしめる。弁天堂ついでに聖天さまにもお詣りをして、「健康・文運・黒髪」と唱える。私の願い事は欲ばりだがいつもこの三つ。

散歩の締めくくりは「くしの十三や」。磨き抜かれた重たいガラス戸を引いて店内に。畳に腰かけて、あるじの竹内勉さんと長子の敬一さんが並んで座り、すすめてゆく本黄楊の櫛づくり、その静謐きわまりない時間の中に私も身を置かせてもらう。材料の黄楊は国内産だけを仕入れている。鹿児島の旧家の屋敷の黄楊を立木のときに契約、頃合いをみて剪って送ってもらう。輪切りにしてから乾燥に何十年もかける。勉さんが春昼の灯の下でいま磨いている櫛も先代が仕入れた黄楊材なのだ。

銀座

ファッションライターの南部あき先生にお目にかかれたのも、会社の仕事のおかげである。

雪谷のお宅で先生からいただいた原稿を鞄に収め、立ち上がろうとしたときだった。

「あなた、ずっとお仕事なさるおつもり？　それだったら、洋服より靴より鞄より大切なのは髪ですよ。ヘアスタイルよ。私がご紹介しますから、銀座の名和美容室にいらっしゃい。そして私の担当者の黒田茂子さんに髪のことはいっさいお任せなさい。いいですね」

以来なんと四十年近くにもなるが、髪を剪ってもらうために定期的に私は銀座に出かける。

黒田茂子さんは何歳か年上だ。お互いに無駄口は利かないので相性がいい。

二十年余りの昔、第一句集『木の椅子』で文化出版局が出していたミセス三賞のうちのひとつ、現代俳句女流賞をいただいた。俳句を作っていることは職場ではもちろん、一切誰にも言わずにきた。瀬戸内寂聴さんと永六輔さんが仰天知人中の両雄、びっくりされたそのとき以来、強力に支援してくださる応援団となられ、常に励ましてくださっている。

大鏡の前でたまたま私が開いたページに、ミセス三賞の人々という写真入りの特集記事、ふっとのぞきこまれた黒田さんが、「あら、黒田さま、あなたさまじゃないですか」と鋏を置いて、「拝見します」とぶ厚い雑誌を手にとった。「おめでとうございます。全く存じ上げませんでした」「私がいちばん驚いていているんです。失礼しました」

ほどなく、私はきもの研究家の大塚末子先生に取材でめぐりあい、大塚さんデザインのもんぺスタイル一辺倒でゆくことを決意する。

「大塚先生のおっしゃるように、もんぺにパーマはそぐわないのです。染めるのもよくないです。白髪も抜かないでください。カットだけ生涯担当させていただきます」こんなことを言って実行してくれる美容師さんはこの世に二人とはいない。さすが銀座である。

神保町

東京で学生生活を送り、勤めた会社に定年まで籍を置かせてもらった。仕事でもよく出歩いていたし、俳句づくりにかかわって、東京の折々の行事や祭、さらには廣重の遺した江戸名所百景のそのビュー・ポイントをくまなく仲間とたどったりしたのだから、この東京をかなり知っている方なのではないかと思う一方、いや全く分かっていないないなと痛感させられたりする。

簡単に断定することはよくないとも思うが、勤めた会社が神田錦町にあり、神保町とつながっていたことは幸運だった。私は神保町という町が好きだ。神保町に住む人々、ここで働いている人々が好きなのだ。まず第一にここは本の町である。どんどん町が変化してきているとはいえ、これだけ数多くの書店、古書店が並んでいる町は日本でほかにはないだろう。

会社員の私は、毎日欠かさず本屋を巡っていた。古書店の匂いをたのしんできた。喫茶店も多いし、食べ物屋もいろいろある。界隈ということでなじみの店を挙げれば、駿河台の山の上ホテル、小川町の平和堂靴店、洋菓子のエスワイル。駿河台下うなぎの寿々喜、天ぷらの魚ふじ、和菓子のさゝま。画材と雑貨の文房堂、額ぶちの清泉堂、洋紙のミューズ社、和紙の山形屋、甘味の大丸焼。生花の花豊その他……書いてゆけばきりがない。どこの店も主人、女主人、店長、番頭さんといった人々が客の顔をひとりひとりよく覚えていてくれる。つい十日ほど前のこと。

すずらん通りの東京堂書店にゆくと、店長の佐野さんが近づいてきた。「新しいご本にサインしてもらえませんか」。びっくりした。私はこの店の長年にわたる外商の客である。エレベーターで五階に。立派な会議室の大きな円卓に二つの出版社から出てまもない私の本が山積みになっている。あっという間に八十冊もの本にサインさせてもらった。外商の客が著者に昇格したはじめての日だった。

伝通院前

「そこの文章は幸田文さんに書いていただきたいですね」と発言した私の顔を「本気かね」という表情で見つめたのは上司の奥本篤志さんだった。「幸田さんの原稿なら説得力ありますよ。何といっても名文ですもの」と私。「駄目でもともとだ。じゃあ、杏ちゃん行ってみるか」という結論で会議は終わった。

都電の十七番に乗って、伝通院前で降りる。電話で教えていただいた道順をたどると、「小石川の家」のその前に。お座敷に通される。先生を囲んで、いかにも編集者という雰囲気の男女が何人か座っている。

「それで、あなたのお話は」幸田先生の目がまっすぐに私の顔に向けられた。

「新聞の一ページを使う連合広告で、下段に広告主の情報、残りの広いスペースは賢い消費者になるためにというコピーとイラストレーションの組み合わせで構成します。そこの空白の部分に、買い物という題で先生に六百字のお原稿をいただきたいのですが」

「分かりました。でも、それは広告文案家のお仕事ね。私にはとても書けません」

「広告のコピーはこちらで別に作ります。先生のお写真と随筆を右肩にぜひかかげたいのです」

「ごめんなさい。私にはとっても書けないわ」

「買い物をしない人なんていません。新人の私は、先生にお原稿をいただいてきますと部の人たちに約束して出て来たのです。お願いします」

「分かりました。一週間後にとりにいらしてね」

うれしくてありがたくて走りだし、都電に乗りかけてバッグをお座敷に置き忘れて来たことに気づき、とんで引き返す。

そのビニールのバッグを手に先生がお玄関に出てこられた。何という美しい立ち姿。

「いまのあなたのお顔、輝いていますよ。そういう時は二度とはないの。とても短いけれど、ほんとうにきれいですよ。必ず書いておきますから」

涙があふれてきて、この世のすべてがぼーっとかすんでしまった。

向島百花園

その場所から与えられる大きなよろこびにふさわしい恩返しをしたいと思う。長く生きてきて、そう思う場所がいくつかある。向島百花園はその中でも私にとって第一の恩人、いや恩場（?）となってきている。

この二十年あまり、私はどんなに忙しくとも、最低月に一度はこの空間に身を置かせてもらってきた。ひとりでも来るが、園内の御成座敷を借りて、一年ごとにメンバーのかわる月例句会を重ねている。その名も「八千草の会」「都鳥句会」「一木一草の会」「百花の会」「百草の会」などなど。

一年十二回ここに通いつめると、誰でも俳句が上達する。何より季語感覚がするどくなって、俳句づくりの醍醐味がぐんと深まる。二月十四日にはたった一輪ひらきそめたばかりの節分草をしっかりとまぶたにおさめた。三月十五日には雪割草とおきな草が咲いていていた。桃の花にはどこからやってくるのかちいさなちいさな目白がつぎつぎ集まってきて、身をさかさまにしては花の蜜を吸う。

御成座敷と休けい所は席亭「さわら」がその運営に当たっている。女主人佐原洋子さんの江戸ことば、心のこもった、しかし実にさりげないもてなしにつつまれたくて、私は向島にやってくる。長子の滋元さん、その長女まどかさんにも洋子さんの流儀がしっかり伝わっている。予約すれば誰でも借りられるこの日当たりのいい日本家屋の畳に机を並べ、障子の外にひろがる花の雲、草木の花々を見はるかしながら、百千鳥に耳をあずけ、とりよせてもらえるお弁当をいただいて、句を案じ、句会に没頭する。春の七草かご、七福神めぐり、虫ききの会、仲秋お月見の会と折々のたのしみもたっぷりある。みんな心の慰められる催しばかりだ。

ローマ大学教授マリーア・オルシーさんとここの茶室「芭蕉の間」で対談と会食をしたことがある。窓辺の青芭蕉の広葉を打つ雨の音をとてもよろこんでくださった。

杉並区和田本町

杉並区和田本町三丁目。雑草園と称された山口青邨先生のお住まいのあったところ。いまその家は庭木もろとも、岩手県北上市の日本詩歌文学館の前庭にそっくり移築されている。

医学生の兄と私は雑草園まで歩いてゆける妙法寺門前の洋館を間借りしていた時期があって、ある晴れた日曜日、スカートに素足の下駄ばきという女書生風いでたちでお邪魔した。東京女子大白塔句会の幹事として、ささやかなお中元をお届けに上がったのだ。奥さまが「ちょっとお待ちになって」と引っ込まれると、ざるにいっぱいの杏の実を持ってこられ、縁側でキズのない大粒の実を選んで、新聞紙に包み、手渡してくださる。「あなたのお名前のものですから。うちでは私はジャムを作って、一年中いただいてます」とにこにことされた。

その日からおよそ十年。三十を目前にした私が再び雑草園の玄関の昔式のベルを押していた。内側から灯る。木下闇、青葉闇などという季語のそのころ、あんず色の昼の灯の色と奥さまの声がなつかしく胸がつぶれそうだった。

「杏子さん、大きくなられて、主人は出てますがどうぞどうぞ。何も替えてないのよ。どこも昔のまんま、雑草園は」。山鳩が軒端近くきて啼いている。寄ってくる蚊の声まで昔のままだ。

「おつとめお忙しいんでしょ。共働きっていうのね、今は。あなたお偉いわねえ」

たっぷりといれてくださる濃い目の緑茶をいただきながら、この日、夫人が私の三廻り上の寅歳であることを知る。卒業と同時に俳句と無縁になり、自分の生涯を貫く表現手段をさがし求めてさすらいの旅を続けてきた私が、「もう一度、ほんとうにゼロから本気で句作にとり組んでみよう」と決心できたのは、山口いそ子夫人の広大無辺の人間性と慈愛に触れ得たこの日のおかげだ。九十六歳の大往生を遂げられた青邨師を見送られてのち、ご自身も九十一年にわたる人生を悠々と歩まれた。私の生涯の先達、恩人、その人はいそ子夫人である。

西荻窪

東京女子大に行くことを強く望んでいたのは母だった。私は女子大ではなく、国立の共学の大学に行きたいと考え、兄も駿台予備校の入学案内まで送ってくれていたのだが、五人の子どもを東京に下宿させて大学を出させるということは、いわゆる赤ヒゲ的ゆき方の野の開業医であった父には負担が大きかったようだ。

「女の子は浪人せず一年でも早く卒業してほしい」という父の望みに従い、女子大生になった。入学と同時に、学生部の杉森ェイ先生に直談判して、日本育英会の奨学生にしてもらった。友達のひとりに、「田舎の医者の娘がおかしいわねえ」といわれた。杉森先生は救世軍のリーダーもつとめておられた方だが、「将来にわたって、経済的自立を図りたい」という私の考えにじっくり耳を傾けられ、申請をしてくださったのだ。

その父が結婚に当たって、返済はまかせなさいと言いだしたので言い合いになった。父の言い分は「借金を背負った娘を人にはやれない」。私はずっと仕事を続けるのだからと主張して、自力で返済を果たした。その奨学金返済のナンバーは忘れもしない。三二―九六八七。ひそかに私は「昭和三十二年以来苦労やなあ」と暗記、面白がって記入して送金してきた。

いま振り返ってみて、東京女子大に入学したことはとてもラッキーだった。生涯の師、俳人山口青邨に私は十八歳の春めぐり合えた。同級生もすばらしいが、俳句の縁で、大学創立期の大先輩数人にめぐり合い、終生の教えを受けた。また、得度間もない瀬戸内寂聴さんにめぐり合い、インドをはじめ、国内各地の旅にお伴させていただいたばかりでなく、十七年前から、寂庵サガノサンガという開かれた道場で先生命名の「あんず句会」の講師をつとめ、毎月一度は東京から京都にゆくという至福の時間を授けられている。

入学手続最終日に、気乗りせぬまま、入学金を持たされて西荻駅に降りた。幸運な出会いは、すべて、あの日からはじまっていたのだ。

芭蕉と名告った旅人　そしてデュ・ガールさん

私にとって、文字を覚えた満六歳からの一年間はその一瞬一瞬が忘れがたい日々の連続でした。

昭和十九年の晩秋に、東京から栃木県北部の小さな城下町黒羽に疎開しました。本郷元町小学校三年生の兄が集団疎開したお寺のあった町。女学校に入学した姉は開業医の父と東京に残り、母と私、三歳の妹、生後間もない弟の四人が、みちのく入りを前に、「おくのほそ道」の旅で松尾芭蕉と曾良が十三泊も逗留した町にやってきて暮らすことになりました。家を出るときは防空頭巾を被る日々。母の苦労をよそに、突然に筆頭の子どもとなった私は張り切っていました。

母はなにより本が好きでした。その母に文字を習い、文字を読み、字を書きとる時間は嬉しくてなりません。漢字でも振仮名があれば読めますから、その意味を覚えることに熱中しました。東京の家は空襲で焼失、帰京はあきらめて、南那須村の父の生家に引越します。昭和二十年四月、小学校入学。父も東京を引き上げてきました。茅ぶき屋根の広々とした農家、その一隅が父母と五人きょうだいの私の一家の住まいとなりました。黒びかりのする板の間に大きな囲炉裏があり、夏でも火が焚かれています。大人たちにまじってその炉端に座っていると、屋根の上をするどい声で啼き渡る鳥がいます。「ほととぎす」と叔父がつぶやき、「ほととぎす」と父も応じます。その鳥は昼も夜も暁方も啼き渡るのです。はじめて覚えた野鳥の名前。

終戦ののち、父は小さな診療所を屋敷の一角に開設、よく働きました。山ひとつ向こうの集落から夜間の往診をたのみに来る人は、農耕馬を曳いて、提灯をさげてきます。往診鞄を抱えた父が馬に乗ると、迎えの人は馬子となって、山道に提灯の灯が狐火のように遠ざかってゆきます。私はその光景をとても美しいと思い、じっと眺めるのでした。

野を横に馬牽きむけよほとゝぎす　　芭蕉

父がつぶやくこの句を私も覚えました。そのときから二百五十年ほど前に、「おくの細道」の旅でこの詩人が那須野を過ぎて行った折の句です。

この村で暮らした六年間は、私の歳時記体験の原点です。農閑期には越後から渡り職人がやってきて「屋根替」がありました。「養蚕」も一部始終をこの眼で見ました。「麦踏み」「棉摘み」「納豆造り」「味噌焚」……。ほとんどの季語を体験しました。田植えのときは、学校は農繁休です。私は馬小屋の馬と仲良しで、馬と相性がいいので、代田搔きを買って出て、馬の鼻取りの役をしました。小さな子どもの歩巾で、代田を馬にひかせた鋤で均らすのです。子どもも大人にまじって働ける。「早苗饗」の宴では人気者です。煙草の葉の乾燥したものを、一枚一枚子ども同士向き合って座り、小さな柔らかな手で伸ばす。大人は霧を吹くだけ。「夜なべ」も「歌留多取り」も「餅つき」もみんな季語。「竹馬」も自分で作って乗って村の中を歩き廻りました。

五年生になったとき、馬に揺られ、頭上を啼きわたるほととぎすの声に耳をあずけて、まみどりの那須野ヶ原を横切っていったあの旅人のことを学び、「おくの細道」の全文に出会いました。

何回かくり返し声に出して読んでいるうちに、まるで自分の文章のような気分になって暗記してしまいます。晩ごはんのあとなどで、父や母、きょうだいの前に立ち、目をつむって朗読しては拍手を浴びました。そして、大人になったら、この芭蕉という人のように、欲しいまま旅をする人間になろうと、固く心に決めて、しかし誰にも言いませんでした。父は五人の子どもたちの成長をたのしみに、猛烈に働きました。馬―自転車―オートバイ―乗用車と乗り物は変わりましたが、真夜中の往診も断りません。父を待つ母は本を読みながら何時まででも起きて待つ。その幸福そうな横顔は子どもたちの読書熱を高めました。

中学三年の秋、母が読み、兄が読み、ついで私が熱中したのが『チボー家の人々』でした。

ある日、私は早起きをして、版元の白水社気付で、訳者の山内義雄という方に手紙を書き、ポストに投函しました。

「ロジェ・マルタン・デュ・ガールさんに感想文を送りたいのです。この方は英語が読めますか。英文でよろしい場合、ご住所をお教えください」と。しばらくして、私あてに渋紙にくるみ、きっちりと十文字にしばった麻紐に荷札のついた小包が届きました。家族の見守る中で開けてゆきます。山内先生訳の『狭き門』など、ジイドその他の新潮文庫がどっさり。便箋に、「英語で大丈夫。お便りはよろこばれるでしょう。あなたがもうすこし大きくなられたらお読みいただきたい本を何冊かお届けします」。母は涙ぐんでいました。

その晩私はエアメール用の便箋三枚に思いのたけを書きつらねました。ジャックという青年への共感、連帯のこころを。高校生になった夏休み、フランスから一葉のモノクロームの絵葉書が舞いこみました。「日本の小さなお友達へ。友情と感謝をこめて」。マルタン・デュ・ガール氏の万年筆のサインと船便ではるばる届いたそのカードは、その日以後の、私の人生を山国の蛍火のように照らす、こころに沁みて消えることのない光となりました。

あとがき

この八月十日、満六十五歳となった。日本中の桜をひとりで訪ね歩いてみようと思い立ったのは二十九歳の冬であったから、三十五年の歳月が流れたことになる。

学校を卒業と同時に会社員となった。六十歳定年のその日まで籍を置かせてもらった生活が終了してから、丸五年が経過している。

振り返ってみて、私は、数多くのすぐれた、魅力的な方々にめぐり合うことができた。俳句の師、山口青邨先生といそ子夫人をはじめ、俳壇以外でも、きもの研究家の大塚末子先生、近世文学研究者の暉峻康隆先生、料理研究家の阿部なを先生、神官の中越律翁など、長寿を全うされ、見事な大往生を遂げられた大先達の方々である。

平凡な私の生活が、常にいきいきと展開してきたのは、めぐり合うことのできたすべての方々のお力のおかげである。とりわけ長寿者の方々とは、どなたもお目にかかったその日から、この世を発たれる日までのおつき合いをたっぷりと許されてきた。おひとりおひとりから、じかに手渡された教えは、時が経つほどに存在感が強まってくる。

大切な「記憶」というものは、年月とともに薄れてゆくものではなく、時間とともに生きて、この身の内に熟成、発展を続けてゆく生きものなのだ。だからこそ年をとることは面白く、愉しみも少なくはないのだ。

読売新聞の水巻中正さんから、一般の人向けの「俳句にかかわる短い文章の連載を」と言っていただいて、即座に思いついたのが「季語の記憶」という切り口だった。連載は百回を超えてなお続行中である。

「すばる」編集長の片柳治さんは、「会社を卒業したところで、何か書いてみては」とおっしゃってくださったので、「あるいてゆけば」というタイトルに決め、三年間の連載となった。

東京新聞の渡辺伸寿さんのお誘いで、夕刊の「ＴＯＫＹＯ発」のシリーズに加えていただくこととなり、ささやかな自分史の一端を眺める機会を与えていただいたことはありがたかった。

「文藝春秋」特別版編集長の高橋一清さんの要請がなければ、私はいまだに桜花巡礼の歳月を総括することなく、雑事にまぎれて暮らしていた。高橋さんの激励が私の次なる行動のある引き金となっていることにも感謝する。

藤原書店は現在、私の尊敬する出版社である。店主と名のられる藤原良雄社長の直筆の原稿依頼に感激して、「環」の特集に書かせていただいた。掲載号の季刊誌を、昨年の終わりに満九十五歳で永眠した母の遺影に供えた。母と同じく父もかつて八十八歳の大往生を遂げている。

『布の歳時記』に引きつづいて、この本も白水社の和気元さんが一冊にまとめてくださった。今回は、敬愛する堀文子先生の作品を自由に使わせていただくことが許された。松吉太郎さんの装丁も、堀作品を生かし切っている。嬉しくてならない。

二〇〇三年八月

黒田　杏子

初出一覧

Ⅰ　花を巡る　人に逢う

花を巡る　人に逢う（「文藝春秋」臨時増刊号　2003年3月）

季語への旅（「文藝春秋」臨時増刊号　2002年9月）

Ⅱ　あるいてゆけば

（「すばる」集英社　2000年1月号〜2002年12月号）

Ⅲ　季語の記憶

（「読売新聞」1999年4月〜2003年8月）

Ⅳ　わが街わが友

わが街わが友（「東京新聞」2001年3〜4月）

芭蕉と名告った旅人　そしてデュ・ガールさん（「環」藤原書店　2003年14号）

著者略歴

一九三八年東京生
東京女子大学心理学科卒業
「夏草」同人を経て「藍生」創刊・主宰
第一句集『木の椅子』で現代俳句女流賞と俳人協会新人賞。第三句集『一木一草』で俳人協会賞。

主要著書
『黒田杏子歳時記』
『俳句と出会う』
『証言昭和の俳句』
『布の歳時記』他

季語の記憶

二〇〇三年一〇月一〇日　第一刷発行
二〇〇三年一一月二五日　第二刷発行

著　者 © 黒《くろ》田《だ》杏《もも》子《こ》
発行者　川村雅之
印刷所　株式会社三秀舎
発行所　株式会社白水社

東京都千代田区神田小川町三の二四
電話　営業部〇三(三二九一)七八一一
　　　編集部〇三(三二九一)七八二一
振替　〇〇一九〇―五―三三二二八
　　郵便番号一〇一―〇〇五二
http://www.hakusuisha.co.jp
乱丁・落丁本は、送料小社負担にてお取り替えいたします。

松岳社（株）青木製本所

ISBN4-560-04987-4